歳時の光と陰影

初冬〜晩春

橋本正幸

東京図書出版

不思議を楽しもう

前書き《歳時の光と陰影　初冬〜晩春》

2020年を迎え、40年も前に購入したままだった、串田孫一氏の随想集『風の中の詩』という１冊を読んだことがきっかけで、己の人生を振り返りながら随想を書き始めた。何かにつけて思い出したことを綴っているうちに、次から次へと編を重ね18編を書き上げた。12月になったら今年１年を区切りとしてもう１編を加え、『記憶を辿って 2020』と題した、人生で１冊目の随想集の出版を予定している。

これまでの10カ月余りを通して、何かに感じ想起したことを書き綴ることの面白さを知った。ならば再度１年をかけて新たな随想録を仕上げてみようと思うようになった。するとまた、串田孫一氏の１編が視点を変えて書いてみないかと働き掛けてきたのだった。

たまたま11月22日の夜から、25年間も書棚に眠っていた『虹を見た夕暮』という作品を読み始めた。氏が80歳になる直前に出版された、１編が800字ほどで構成された100編の随想集である。翌日の朝食の後に庭に出て水遣りしてから、４編目の「光と翳」を読み、近所の方から頂いた箱根土産の饅頭を食べながらお茶を飲んだ。それから、気分転換にと自転車で近隣を散策した。

長門川沿いの農道を東に向かっていた帰り道、右手から低い角度の陽の光が、銀杏の木立とアスファルトの道路に散らばった黄色い落ち葉で立体の影絵を描いていた。私には、串田孫一氏の「光と翳」という1編の作品から、その中で触れられていた箱根の光景とその写真が現した光が織り成す陰影の妙を、昼前の3時間の間に色々な手法で届けられたようだった。

早速その午後に「光と陰影」という1編を書き始めた。ただ私にとって【翳】は不釣り合いだった。これまでの人生で自ら使ったことは無かった。また【陰】や【影】の意味もあやふやだった。66歳となっても知らないことが無尽蔵にあることを思い知らされた。

仕事に費やす時間も少なくなったので、天気が良ければ菜園の手入れや近所の散策もできるが、天気の悪い日や長い夜は時間を持て余してしまう。老眼が進んで細かい字の書籍は最初から読むのを敬遠するようになっている。ならば、これからは出会った疑問に対し、納得するまで調べて理解を深めてみようと思った次第だ。ボケ防止にも良さそうだ。人に聞かせても恥ずかしくない蘊蓄とし、小うるさい物知り爺さんになってやろう。

友人や同輩だけでなく、青年や子供たちにも移り行く季節や目に映る光景の不思議、目の前に訪れた野鳥や声だけがする野鳥など、それは何かなと思って自分で調べてみる事例のいくつかとして、何編かでも読んで頂ければ嬉しい限りである。

目に映るもの、耳に聞こえるもの、肌に感じるもの、それらを感じ取っている自分の不思議を楽しもうと思っている。

2020年11月

橋本正幸

目 次

春

夏（予告）

１．光と陰影

2020年の最後の三連休となった11月23日は、穏やかに晴れ上がって暖かな朝を迎えた。例年に比べて雨が少なく気温が高い３週間だったが、季節は確かに移ろっていた。新型コロナウイルス感染者が急激に増加し、第３波として第２波のピークを遥かに超えそうな勢いに対して、紅葉を求める人だかりの連休の様子が危機感を込めて放映されている。

11月下旬というのに連続した好天と乾燥した空気に朝の水遣りが復活していた。ただその時間は夏とは違って朝食後に移動した。如雨露の水が染み込むまでの暫しの間だけ畝が波のように輝いたり、まだ緑色の唐辛子の葉っぱの先端にしがみ付いた水滴から突然に強い光線が発射されたりと、予期せぬ光の造形のご褒美を受け取ることができた。木の枝の間に張られた小さな蜘蛛の細い糸も僅かに振動しながら朝陽に輝いていた。

水遣りをしている最中に近所の方が箱根に行った土産にと温泉饅頭を持って来てくれた。ウイルス感染が懸念される中でも今秋最後の行楽への誘惑が人出を煽り、東名高速も大涌谷も大混雑だったと話してくれた。水遣りを終えても９時前だったので、温泉饅頭は10時のお茶の時間にしようと、昨夜に選んだ１冊の続きを読み始めた。その１冊とは串田孫一氏の『虹を見た夕暮』だった。

20冊余り所蔵する氏の出版物が手元の書棚に残っている

が、それらの所蔵品の中では最後に購入した１冊である。「後書き」には1994年秋と記され、発行日は11月30日だった。氏は1915年の生まれなので79歳の時の作品である。１編が800字で纏められた随想録だったが、前夜は「後書き」と出だしの３編だけを読んでいた。

野菜への水遣りを終えてから読み出した続きの１編は「光と翳」という題目だった。その１編には今日という日を待ち構えていたように、偶然にしては出来過ぎたふたつの想いが語られ、何よりもその題目が、それから１時間半後に起こる偶然を予言していた。前半には芦ノ湖の初冬の眺めについて、雪を含んだような雲のかかった空と山並みによる湖面の陰影を描写していた。木目調のテーブルにはこの１編を読み出す前に準備した、緑茶を入れた茶碗とお土産として頂戴した箱根の温泉饅頭が１個載っていたのだった。朝食後のひと時はまるで箱根を旅したようだった。

「光と翳」に綴られた芦ノ湖の様子は、誰が撮ったかも判らない１枚の写真を見ての心象のようだった。後半ではその光と翳の組み合わせの素晴らしさに、果たして待ち構えて撮ったのか、あるいは偶然に撮ったものか、どんな気持ちでその１枚を撮ったのかが気になったと述べていた。つまり感心した写真に対する感想の１編だった。

これまた偶然にも、11月３日に誕生日を迎えた鴻巣に住む大学時代の友人とのメール交信の中で、写真について遣り取りしていた。50年も続けていた写真の趣味に対して、「この頃なんとなく思うのは、シャッターを押す気概がなくなってきていたのですが、写真は何を目標に撮ったらいいのか」と自問しつつ、「写真は自分の部屋に飾る為に撮ればいい」と自答していた。だから「光と翳」を読み、お茶を飲みながら、彼のファインダーを覗く姿を思い浮かべていた。

お茶と饅頭での一服を終えてから、前日に受け取っていた、岡山に住むもう一人の友人のメールに返信した。近く受ける心房細動抑制のカテーテル・アブレーション手術で全力疾走ができなくなるという制約を伝えてきたので、マラソン大会への出場に代えて私の所へ旅行に来ることを勧めた。また返信の前に「光と翳」を読み、写真を趣味にする“奴”のことを思い浮かべたと付け加えた。お互いのメールには他に２人の友人もCCとして加えて、学生時代の４人の友人たちとの交信としていた。

メールに返信したら外が一層明るくなって青空が広がり暖かかったので、本の続きを読む気が萎えてしまい、物置から自転車を出して近所を走ってみることにした。少し冷たい風が吹いていたので、かつては印旛沼と利根川をつないでいた木立が並ぶ旧長門川沿いを右に見て往復することにした。現在の長門川との分岐に近付くと、日陰のアスファルト道路の上に銀杏の葉が撒かれていた。立ち止まると銀杏の木立の間から低い冬の陽ざしが何本かに分かれて差し込み、木立にも道路にも明暗が描き出されて『光と陰と影』の共演だった。

陰や影という字は苗字にもあり比較的よく使われる。【陰】は光が当たらない所や見通せない所を示す言葉として日陰や物陰などと使われ、【影】は物によって光が遮られてできた形を示し、影法師とか影踏み遊びなどと使われている。これに対して【翳】は翳りのある人とかいう以外に使った事が無かった。現代では殆ど陰で代用されているかも知れない。

【陰】は山や崖の暗い所を意味する文字で、日が地平線上に昇った様子を表す陽と対を成し、陰陽という熟語があるので分かり易い。陰に対して【影】には高いとか大きいとかいう意味の［京］という字の上に［日］があり（景）、これは眺めとか、光と影の両方の意味を持っていたようである。景色は光と影でできているというわけだ。［彡（三旁）］は良いとか綺麗とかいう意味があるようで、くっきりとした形が見えるので影なのだろう。撮影の場合の影は見えるもの全てを指すようだ。

では【翳】はどういう成り立ちなのだろうか。［医］は箱に入った用具で［殳］は動作を意味し、全体として［羽］を動かすという事で、翳(かざ)すになったようである。動く太陽に対して日が当たらない所という事になるので、陰と同じように使われて、簡単に筆記できる陰に統一されたのだろう。心の動きに対しては翳の方がしっくりと来そうな気がする。

「光と翳」という1編は、箱根のお土産の饅頭に特別な映像を付け加え、写真を趣味とする友人のシャッターを切る姿を想起させてくれた。そして自転車での近隣の散策の終わりに、横から差し込んだ光が銀杏の木立の陰影の妙に気付かせてくれた。今年の晩秋は例年よりも鮮やかに感じられた。

2. 山 茶 花

陽ざしが長い影を作る季節を迎え、落葉樹が葉を落として冬枯れの寂しさを見せ始めた。しかし千葉の冬は晴天の日が多く、雲一つ無い空が青く明るく広がる。そこへ濃い緑の葉に支えられた、色合いも形も豊富な花を付けた山茶花があちらにもこちらにも咲いて、寂しくなりかけた街並みに彩りを補っている。

知らず知らずのうちに『さざんか　さざんか　咲いた道……』と鼻歌を唄っていた。山茶花を見ている間は幼い日に戻っていたようだ。部屋に戻って調べてみると曲名は『たき火』で、歌詞は１番と２番をゴチャゴチャにして憶えていた。また３番があることを知らなかった。

たき火

作詞　巽聖歌　　作曲　渡辺茂　　昭和16（1941）年

1　垣根の 垣根の 曲がり角　たき火だ たき火だ 落ち葉たき 「あたろうか」「あたろうよ」 北風 ぴいぷう 吹いている

2　さざんか さざんか 咲いた道　たき火だ たき火だ 落ち葉たき 「あたろうか」「あたろうよ」 しもやけお手々が もうかゆい

3　木枯らし 木枯らし 寒い道　たき火だ たき火だ 落ち葉たき 「あたろうか」「あたろうよ」 相談しながら 歩いてく

成人してからは何十年もこの歌を聞いていないように思うが、小学校の音楽の時間に習い、秋が終わる頃よりラジオやテレビから歌が流れていたような気がする。かつては山茶花の季節が焚き火の季節であったようだ。一昨年から50坪余りの菜園を耕作するようになり、始末した野菜の残骸や雑草を乾かして燃やすようになった。冬の焚き火は温かさと匂いと煙が懐かしく、冷えた体を温かく包んでくれるようで心地良い。

インターネットの検索欄に『さざんか』と入力すると、即座に『山茶花』という漢字に変換される。もちろん漢字で『山（やま）・茶（ちゃ）・花（ばな）』と覚えていたが、ふと何故『山茶花』と書くのだろうという疑問が湧いてきた。確かに『さざんか』の葉も花も、お茶の葉や花と大きさを除いてよく似ている。幹の樹皮も滑らかで灰褐色であり、同じ太さの枝を見せられたら区別できないほどだ。お茶の木の仲間である事は間違いない。しかし『さ・ざん・か』なら『茶山花』と書くべきなのに『山茶花』と『山』と『茶』が逆転している。

そんな事を考えていると、これと似たような記憶が蘇ってきた。川越にキャンパスがあった東洋大学の工学部に入学し学生寮に入ったのだが、気が向くと秩父連山を歩いていた。秩父の夜祭りが有名であることを耳に挟んだりもしていた。最寄りの鶴ヶ島駅から東武東上線に乗れば、寄居で秩父鉄道に乗り換えて、麓駅の三峰口まで２時間余りで行く事ができた。その地名の『秩父』についての事である。

２人部屋だった３階の寮の階下には、同じ応用化学科に入学した新潟県小出出身の友人と函館出身の友人が住んでいて、寮だけでなく学生生活の全てにおいて身近な２人だった。何の時の事だったか忘れたが、小出の友人が『ちちぶ』を『父秩』と記載した。すると函館の友人が面白がって「ぶちち・ぶちち」と囃し立てた。以来、応用化学科の仲間内では『ちちぶ』を指すときは「ぶちち」と言うようになった。『秩父』の場合は『秩』も『父』も同じ「ちち」という発音なので、地元出身でもなければ書き間違えてしまっても仕方ない。

では何故『茶山花』ではなく『山茶花』となったのだろうか。その前にもう一つ理解しておかなければならない問題がある。それは先に述べた『茶』と花や葉の形状がそっくりな『椿』との関係だ。いずれも被子植物類、ツツジ目、ツバキ科、ツバキ属の系統で、その下の階位にツバキ種、チャノキ種、サザンカ種と分類されている。ツバキは記紀に登場し、『古事記』では『都波岐』、『日本書紀』では『海石榴』と記載されているとの事である。『万葉集』では９首にツバキが『椿』として歌われているとある。

しかし、それらが記された奈良時代に、サザンカは文字として登場していない。どうもその理由は生息地と利用価値にあったように思われる。それらの野生種は国内の南部に自生していたものの、サザンカの花はツバキに比べ見劣りして目立たなく、チャについては茶を飲む文化が普及する前の時代であり、加工法も飲み方も知らなかったからだろう。

チャに関しては西暦800年頃になって、遣唐使や中国に留学した僧侶たちによって伝えられたとの事なので、飲茶の文化と共に『茶』という漢字を使い始め、茶の木の栽培や茶葉の加工も普及していったに違いない。漢字の伝来により和名に漢字を当てる作業が行われていたので、サザンカが認識されれば、その和名が漢字で表現されることになるだろう。

室町期に『山茶花』の語が現れ、当時の音読みは「サンサカ」であったようだ。奈良時代から500年ものミッシングリンクが存在している。当時のサザンカはツバキに比べて華やかさに欠けた花だったが、室町時代の頃に、開花期がツバキよりも２～３カ月ほど早く、晩秋から咲き始めるという趣が珍重され、新品種も追加されて普及しだしたのだろう。

サザンカは中国には無い日本の固有種であったことから、当時の中国には表記する文字も無かったと思われる。ただ平安と重なる宋の時代には、お茶と日本のツバキに当たる種類の樹木の葉はお茶として利用されて『山茶』と呼ばれていたという。日本では万葉集の時代には既に春に咲くツバキに『椿』が当てられていたことから、ツバキに似ていたサンサカが身近となって表す文字が必要となり、読みに合わせて『花』を足して『山茶花』が当てられたのかも知れない。「サンサカ」が「サンザカ」と発音が変化し、「サザンカ」となって、これが既存の『山茶』に混同されて『山茶花』となったとの説もあるようだ。サザンカが『山茶花』と記載されるようになった正確な経緯は判っていないのが実情だ。

見慣れていない人にとっては、茶の木の区別はできたとしても、山茶花と椿の区別は難しいかも知れない。まずは花が咲く時期で区別できる。山茶花であれば晩秋や初冬に咲き、椿は年が変わって真冬が過ぎてから花が咲きだす。花の散り方もまるで違い、山茶花は花びらが一枚一枚ばらばらに散り、椿は花が首から一気に落ちる。葉っぱでの判別では山茶花の葉脈は椿より黒っぽいとか、裏側では葉脈に沿って毛が生えているとかいうが素人には難しすぎる。更には寒椿という山茶花と椿の交雑種があって、真冬に花を咲かせるという品種もある。生存中に寒椿と山茶花との判別をする能力を得るのは難しそうだ。

真偽のほどは定かではないが、江戸時代の武士は椿の花が首から落ちる様子が、武士の首がぽとりと落ちるようで縁起が悪いと思い嫌っていたと伝えられている。この話の延長なのか、病気見舞いの時に持って行くタブーの花のひとつとなっている。だとすれば武家社会になって、似たような花でも、花房がぽとりと落ちない、桜のように花が散る山茶花の方が好まれたという仮説は如何だろうか。私説であり何の根拠も持ち合わせてはいない。

江戸時代に入りしばらくして、お茶では煎茶が誕生し、園芸の対象として『山茶花』と『椿』の両方の変わり花の品種が開発されるようになったようである。朝顔や菊などとともに江戸の園芸文化の発展を担った植物の一つであり、それらの園芸文化が現代に繋がり、今も世界に拡散し続けているのだから、山茶花と椿の物語は壮大だ。

先に『日本書紀』で椿が『海石榴』と記載されていると述べたが、中国で初めて『海石榴』が登場するのは西暦600年頃の隋の時代との事だ。海を渡って来たザクロに似た植物として捉えられていたようだ。『海石榴』の出自が中国だとすれば、遣隋使が献上したであろう椿油を産出する植物に対しての命名となる。中国では日本の椿に相当した『山茶』は葉が飲茶に用いられたが、その実を搾っての油としての利用は未開発だったことになる。とすれば中国でツバキが愛でられるようになった背景には遣隋使や遣唐使の存在があったのかも知れない。

その『椿』という漢字は現代と同じツバキという意味で、西暦700年前後の歌が収められている『万葉集』の中に複数の歌で使われている。これに対し中国では、椿（チン）は『香椿』のことで『栴檀（センダン）』を意味するそうだ。中国由来の『山茶』を日本ではツバキではなくサザンカとして用い、栴檀だった中国の『椿』はツバキの当て字の『都波岐』から春に咲く『椿』となった。日本と中国は古の時代から命名においても、同じものを別の言葉で表現するといった、感覚の違いが存在していたようだ。現代のそれぞれの国民の行動パターンが少々異なっていたとしても、命名の違いからして何ら不思議ではないとも言えよう。

今日もまた近隣に咲いた山茶花が、冬枯れの景色の中で淡い可憐な姿を見せ、沿道に降り落ちた花びらは柔らかい日差しに照らされて、明るく可愛らしい色模様を作って和らぎを与えてくれている。

一輪の開きかけた花をつけた山茶花の枝を切った。程良い花瓶が無かったので、細身の白い一合徳利に挿してテーブルに置いた。冷たい北風が吹いて今夜は一段と冷えそうだ。寒がりの家主は徳利の熱燗で内側から温まろう。

3．12月のミニトマト

2020年は12月に入っても庭のミニトマトがまだまだ実を付けて、光を欲しながら一粒一粒が熟す順番を待っていた。もちろん茎から交互に出ている地上に近い方の大きな葉は枯れて、何とか上半身だけ持ちこたえているだけだった。夏野菜なので路地栽培であれば既に役目を終え、そこの畝は大根や白菜に取って代わられているのが通常だった。

例年は４月末頃に苗を植え付け、７月に入って収穫が始まり、最盛期は梅雨が明けてからの８月である。実際、最初に植えた苗の成果はそのようなものだった。特に大玉のトマトは寒さに弱く、茎の上部では実付きも落ちるので、収穫期間はミニトマトよりも短い。ミニトマトであっても最初に植え付けた苗の畝は既にキャベツや大根に置き替えられている。

実は、今もなお実を付けているミニトマトは脇芽を挿して育てた孫か曽孫のクローンか、虫食いにあって捨てた実の種から発芽して成長した、２世代目の子供である。どの株がクローンなのか２世代目の子供なのかは判別できないが、株によって実の付き方が異なるので、どちらの株も生き残っているようだ。収穫が期待できるのは霜が降りる頃までで、零下となって霜に遭えば、実も葉も凍傷を起こして命が尽きる。冬の様相の庭にあって唯一の夏からの名残だった。

トマトの原産は南米アンデス山脈の高地だそうである。私の庭の菜園で栽培されるまでには壮大な伝搬の物語があった事だろう。高地とはいえ赤道に近い所なので、例えばエクアドルの首都のキト辺りとすれば、寒暖の差は別として年間を通して最高気温が20℃、最低気温は10℃程度で、月間の降水量は50 mm 前後の所である。関東の春や秋のような気温と降水量であり、おそらく多年生のトマトが自生するのに適していたのだろう。

そんなトマトは人の交流によってだろうが、メキシコに北上して栽培されるようになった。アステカ文明の地で栽培されていた時代に、スペインのコルテス軍が上陸し、1521年にアステカを征服してトマトの種を持ち帰った。最初は観賞用のようだったが、イタリアに持ち込まれてからは常食されるようになった。それ以降に品種改良されながら、フランスやドイツ、オランダなどの欧州各市に広がり、またケチャップなどの調味料にも加工されたらしい。

そのトマトはオランダとの交易によって1670年前後に長崎に渡来し、日本でも長年のあいだ観賞用として育てられていたようだ。食用としての普及には暫し時間がかかり、鎖国開国後の明治になってからで、果実よりもケチャップとして先に普及した。生の果実を常食するようになったのは更に後の昭和になってからで、アメリカ文化の影響により、サラダを食べるようになった第２次世界大戦後からである。意外に歴史の浅い野菜である。

今思い返してみると、50年前に中学を卒業する頃までは、身近にあったトマトは１種類だけだったような気がする。もしかすると、ミニトマトという品種に出会ったのは大学生になってからだったかも知れない。当時は全てが大玉で、天候や収穫時期、あるいは冷やし具合で味が違うと感じていた。父は皮を剝いて塩を振って食べるのが好きだったが、私はそのままで十分おいしく食べていた。

自分で育成してみるまでは、葉の形状はもとより花が黄色である事すら知らなかった。中学生の頃までは祖母が畑で作っていたので、夏の果実のひとつとしてしか見ておらず、成長の過程などは全く興味がなかった。

果実を大きくし長期間収穫するための脇芽欠きが必要なことや、その脇芽を挿して２番苗に利用できることを知ったのも、僅か数年前のことである。トマトがナス科に属しているのを知ったのもその頃であり、野菜作りをするようになってから、同じナス種の植物を同じ場所で育てると、連作障害を起こすということも学んだ。

確かにトマトとナスの種はポテトチップスを耳掻き程に小さくしたような形状で色もそっくりだ。そればかりかピーマンや唐辛子の種もよく似た形状をしている。またジャガイモを作ってみて、花は白や紫だったが、咲いた後にミニトマトと同じような青紫色の果実を付けることも知った。それではと、トマトの分類階級を調べてみたら、植物界、種子植物門、双子葉綱、ナス目、ナス科、トマト種だった。

植物の分類法には色々あって統一されていないようで、正確さには欠けるかも知れないが、イメージと命名が結びつき易いものを選んで図にしてみた。ホオズキやナス、トウガラシ、ジャガイモは親戚関係にあることが分かった。このよう

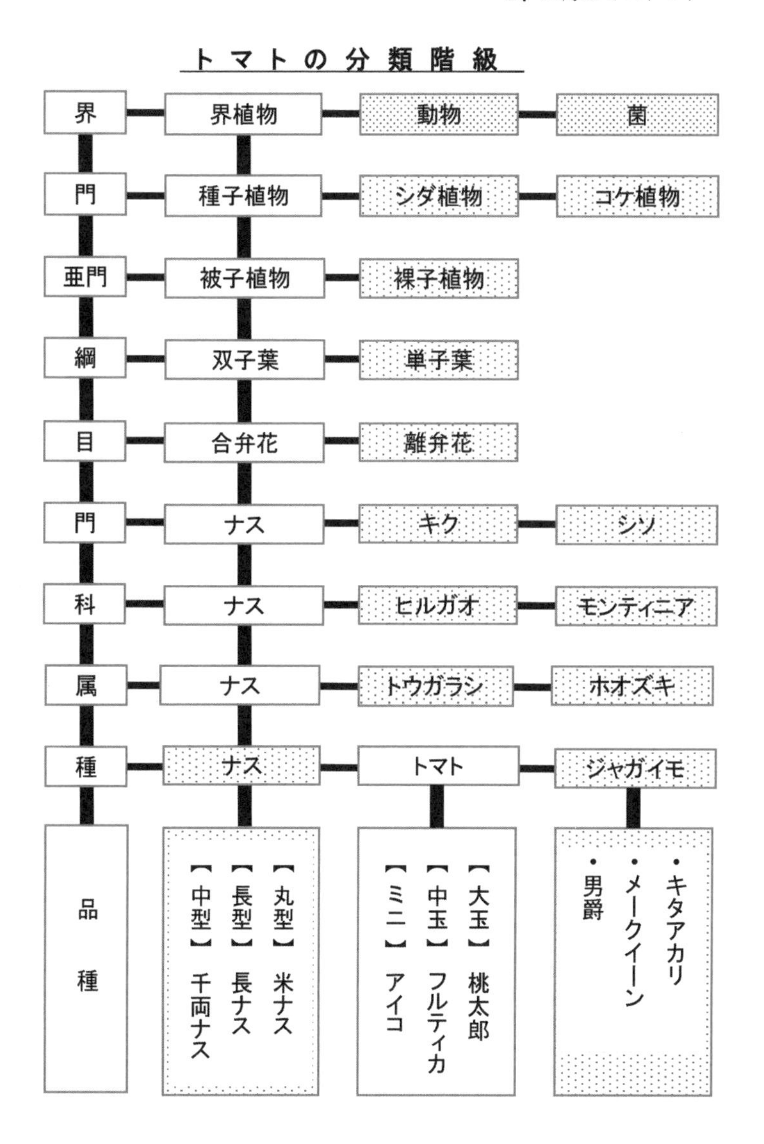
トマトの分類階級
界
界植物
動物
菌
門
種子植物
シダ植物
コケ植物
亜門
被子植物
裸子植物
綱
双子葉
単子葉
目
合弁花
離弁花
門
ナス
キク
シソ
科
ナス
ヒルガオ
モンティニア
属
ナス
トウガラシ
ホオズキ
種
ナス
トマト
ジャガイモ
品種
【丸型】米ナス
【長型】長ナス
【中型】千両ナス
【大玉】桃太郎
【中玉】フルティカ
【ミニ】アイコ
・キタアカリ
・メークイーン
・男爵

な階級による分類は分類学の父と呼ばれるカール・フォン・リンネによって体系化され、1735年発刊の『自然の体系』が礎となっているとの事だ。300年近くも前に外観の情報で分類しようとした人知に驚かされる。

このように図にしてみると『ナス』の存在の大きさが絶大だ。目も科も属もナスではなくトウガラシでもホオズキでも良かっただろうし、むしろそれらの共通点で表現した方が一般化されて分かり易いと思うのだが、何か特別な理由があったのだろうか。それともトウガラシやホオズキがナスから分化したというのだろうか。分類の命名については納得がいかないが、進化論以前のことなのだから不満など言わず、その背景を学ぶべきだろう。

では人間の場合はどうかと調べてみたら、動物界、脊索動物門、哺乳綱、サル目、ヒト科、ヒト属、ヒト種であった。このような界→門→綱→目→科→属→種という階級分類は、まさに生物の進化を物語っている。チャールズ・ダーウィンは1859年に『種の起源』を発刊したが、我々の時間軸で認識できそうな動物での進化は種の変化しか無さそうである。

猿が人間に進化することを信じられないのは当然である。だが猿とはいってもそれは現代の猿ではなく、現代に生きているような猿が次に現代の人間に進化したわけではないのである。化石が物語る進化の過程を類推し、種より上位の階級の進化を想像する事に浪漫を感じる。分からないことがあると“神”を持ち出す輩（やから）もいるが、自分だけの世界に留めて欲しいものである。

庭に残った季節外れのミニトマトの原産地と伝搬の歴史を辿ってみると、そこには傲慢なキリスト教に支援され、残虐だったスペイン人による中南米の国々への侵略や略奪、そして文化の消滅を伴っていたことを今になって認識させられた。確かに我々の食文化の変化は互恵の交流によって変化したものよりも、侵略や戦争の成果の方が大きな影響を与えたように思える。胡椒や唐辛子、コーヒーやワインにもそれぞれの拡散の歴史がありそうだ。

ミニトマトによって自分の脳にもまだまだ耕作の余地が残っていることを発見できた。これからは菜園の耕作と併せ脳の耕作もやっていこう。脳での収穫はさほど期待できないだろうが、新たな知識の習得や体験による感動が不毛地帯への進行を少しは遅らせてくれるだろう。

今日まで生き延びたとはいえ、ミニトマトは霜が降りればその日からは朽ちていくばかりとなる。低い角度から照らす弱々しい日差ししか届かなくなったが、その光を精一杯に浴びて、青い実が1個でも多く赤く色付いて欲しいものだ。これから熟す生命力に満ちた幾つかの実から種を採って、来年にその子供たちを育ててみようと思っている。

何と逞しき生き様を見せてくれた今年のミニトマトよ、来年もまたこの季節まで、子孫たちには生命力の逞しさを再現してもらいたい。

4. 野　　鳥

ここ千葉県の印旛沼周辺では青空が大きく広がっている。紅葉の季節が過ぎ、落葉樹が葉を落とし、木陰の暗がりが消えて視界が開けて明るくなった。乾燥した空気は透明度を増したかのようで空をより青くしている。そしてこの季節に里にやって来る野鳥は木々の枝の間をすり抜けて飛び回っている。よく晴れた12月半ばの静かな平日の朝に、幾種類かの野鳥の囀りが窓の外から聞こえてくる。

年中うるさい程に鳴きわめく鴉や、突然に大きな声を響かせる雉の叫びは、私にとっては騒音源であるとともに丹精込めて育てている庭の野菜を食い荒らす害鳥でもある。しかし雀ならば身近で飛び回り、その動きと囀りに愛嬌があって心が和む。鳴くことを囀るという表現をするのがもっともだと納得する。可愛い囀りか無口な野鳥の来訪は好ましい。

外に出るとあちらこちらから小鳥らしい鳴き声が聞こえていたが、数羽の雀が電線で語り合い、その隣で鶫(つぐみ)らしき一羽が細長い嘴を開いて独唱していた。番(つがい)らしい二羽の鵯(ひよどり)が隣家の植え込みから静けさを破るような奇声をあげながら飛び去って行った。集団で電線に止まり、大合唱を繰り広げ糞を落として行く椋鳥(むくどり)とともに、鵯の来訪は御遠慮願いたい。

大歓迎なのは四十雀と目白である。まるで軽業師のような動きで、逆さまになって山茶花や寒椿の花の蜜を吸う姿は特に愛らしい。そういえば枯れたトマトの枝に蛙が一匹吊るされて干からびていた。恐らく百舌鳥（もず）が掛けていった早贄（はやにえ）だろう。時々隣家の屋根の上のアンテナに止まり、背筋を伸ばして顎を引き、不機嫌そうな顔をして遠くを眺めている。トマトはもうじき始末の時期なので、乾燥期間には限りがある。せっかく手間をかけて作った保存食なのだから、ぜひ早めに取りに来て欲しい。

印旛沼やその周辺には中型から大型の野鳥も渡って来ている。何種類もの鴨や鷺（さぎ）、白鳥などが飛来しているものの、種類を区別するまでの目を持ち合わせていない。また幾種かの猛禽類もあちこちで狩猟の痕跡を残しているが、姿を見るのは稀である。幾種もの野鳥について名前やその行動を知っているかのように記載したが、それが身に付いている野鳥の知識の全てに近い。見知らぬ姿を見掛けたら、インターネットで調べながら名前を覚えていくつもりだ。

僅かに知っていた鳥の名前に面白い命名法がある事を思い出した。かつて読んだ本にウグイス、カラス、ホトトギスなど、語尾の『ス』は鳥を表すと書いてあった。ならばスズメ、ツバメ、カモメの『メ』は何かと調べてみたら、『メ』は群れを成す鳥との記載を見付けた。しかし、このふたつの他には特徴的な接尾辞のついた鳥のグループは見付けられなかった。当然のようにあったのは種類を示す接尾辞だった。例えばカラスで嘴太鴉、嘴細鴉、深山鴉、カモでは真鴨、軽鴨、小鴨である。ツバメやムクドリ、ホオジロも同様の接尾辞を持っている。

ちょっと面白いと思ったのは雀だった。国内の雀の種類を調べてみると、スズメ科は雀と入内雀の２種類だけだった。それなのに何とかカラとかガラは何種類もいたのである。四十雀、日雀、小雀、山雀と接尾辞は共に雀であるが、シジュウカラ科に属し、スズメ科とは別のグループに属している。ところが五十雀はゴジュウカラ科に属し、シジュウカラ科とは別の独立したグループを形成していた。分類法と俗名は関係無い場合も多々あるようだ。

もうひとつ気付いたのは、大抵の雀と体長が同程度の小さな鳥の殆どは分類学の上位階級においてスズメ目に分類されていることだ。雀を筆頭に四十雀や五十雀は勿論のこと、燕、鶯、鶫、百舌鳥、雲雀、鵯、目白、椋鳥、鶲、雲雀も鶺鴒も皆スズメ目の仲間たちだ。

名前の特徴	聞いた事のある野鳥の名前
接尾辞がメ あるいはマミムモ	雀、燕、鴎、鶫
接尾辞がスあるいはズ	鶯 、不如帰 / 霍公鳥、烏 / 鴉
接尾辞がカラ あるいはガラ	四十雀、五十雀、 日雀、小雀、山雀
接尾辞が、トリ・ドリ あるいはチョウ	椋鳥、鵯、山鳥、鴛鴦、 雷鳥、白鳥
接尾辞が無い小型の鳥	目白、雲雀、鶺鴒、鶲、啄木鳥
接尾辞が無い中型の鳥	小綬鶏、雉、郭公、梟、隼、 鷹、鷲、鳶
接尾辞が無い大型の鳥	鵜、雁、鷺、鸛、鶴

驚くべきはカラス科もスズメ目に入っているのだ。もしも鴉が雀の大きさだったらカラスでは無く黒雀（クロガラ）として可愛がられていたかも知れない。どこで巨大化してしまったのだろうか。機会を見付けて探求してみたい。

もしこのような分類法を遺伝子情報で確認してみたり、進化の過程を探求してみたりするのを仕事として食べていけたならどんなに面白いことだろうかと思ったりした。だが待てよ。老い先が見えているのだから意味の無い空想などせずに、これまで知らないままにしていた身の回りで出会う野鳥たちの名前を覚えることで満足しよう。年中出会えるとは限らない。次に出会える時期を確認し、食性を調べるだけでもかなりの労力が要りそうだ。

12月となって印旛沼沿いの自転車道を走ると、水面には鴨の類（たぐ）いと思われる夥しい数の野鳥が浮かんでいた。しかし鳴き声は滅多に聞こえることは無く、立ち枯れた雑草の冷たい風に擦れる音とアスファルトの道路を走る自転車の音が合わさって聞こえるだけだった。夏の間は途絶えることのないうるさい程の合唱が聞こえていたが、それはヨシキリという渡り鳥のようだ。ぜひ来年はその姿を確認してみたい。

野菜を食い荒らす雉は菜園の天敵だが、秋以降には鳴き声も無く全く姿を見せてくれないのでちょっと寂しい。百舌鳥は不機嫌そうな顔でも結構だから、アンテナの上で毅然とした姿を見せて欲しい。来訪が待ち遠しい四十雀や目白のためには、どのようなおもてなしが良いだろうか。

5．夜空と冬空

2020年の12月は半ばとなって今年最大の寒波が到来し、何とか生き延びていたトマトや秋植えのジャガイモは一夜で致命傷を負ってしまった。千葉県は冬らしい晴天となったものの夜間の底冷えに、私の住まいでは軒下に置いた水桶に氷が張っていた。日中も気温は上がらずじまいで外に出るのが躊躇われた。日が暮れるとともに湯に浸かって皮膚から温まり、早々に熱燗と寄せ鍋で内臓からも温まった。否、温まり過ぎて少し汗が滲みだす程だった。

火照った体を少し冷まそうかと外に出てみた。十五日の夜の空には月の姿は無く、１等星と２等星と思われる明るい星が点在していた。暗い星は街路灯や家々からこぼれる光に隠れて判別できない光量だった。北の空には星座の中で僅かに名前を知っている、柄杓型の北斗七星とW字のカシオペア座が、北極星を挟んで向かい合っていた。

ふと「なぜ夜空は暗いのだろうか」という疑問が、今となって湧いてきた。多くの子供が抱く疑問だが、尋ねられたら答えに詰まってしまう代表的な難問である。かつて明快な答えを得たことも無く、今まで封印されていた疑問の一つだった。現在はどのように理解されているのだろうかと、早速インターネットで検索してみた。

結論から言えば、子供に納得してもらえるような簡単で明快な解説は見つからなかった。「夜が暗いのは地球が自転しているので、太陽の光を受けていない側が陰となって暗いのだよ」と言えば、何とか納得して貰えるだろう。しかし星が光っているのに夜空が暗いのは、「我々の宇宙は138億年前のビッグバンに始まり膨脹し続けている中で、光を出す恒星が生まれては死に、その恒星の数は実は無数ではないので、届く光の量が限られていて、太陽で照らされた昼ほどは明るくならないのだよ」という説明では「うん」と言ってもらえるだろうか。

実は私自身も十分には理解が進まなかった。ただインターネットの解説では人間の目の特性を踏まえた解説に欠けていることに気付いた。可視光線と呼ばれている太陽光のある範囲の波長の光を感じる人間の目の特性を基準にした説明がほとんどである。「我々の目が赤外線だけ、あるいは赤外線も感じる目だったとすれば、昼と夜の明るさの違いはどのように感じられるのだろうか」と新たな疑問が湧いてきた。赤外線カメラに濃いサングラスをかけて昼と夜の景色を比べてみたら、少しは理解が進むかも知れないと思った。

私が子供に「星があるのに夜空が暗いのは何故」と聞かれたら、「夜空が暗いのは、沢山の光が届いているのだけれど、太陽の光に合わせてしまった人間の目には殆ど感じない光なので、昼よりは暗く感じてしまうんだ。フクロウならば人間が真っ暗と感じる夜でも、ちゃんと獲物や障害物が見えているのだから、明るく感じているはずさ」こんな説明ではどうだろうか。

「夜空が暗いのは何故」と疑問に思った子供はきっと、「なぜ晴れた空は青いの」、「なぜ夕焼けの空は赤いの」と聞くことだろう。ありきたりの説明はおよそ次のようなものだろう。太陽の光は虹で見えるいろいろな光が含まれていて、波長の短い青い（青寄りの）光は空気で散乱され易く、赤い（赤寄りの）光は散乱されずに空気を通過する性質を持っている。だから昼間に頭上から降り注ぐ太陽光は大気で散乱されて空いっぱいにひろがるから青くなり、夕方は地平線の方から大気中を長い距離にわたって通過する間に青い光は散乱して減少し、残った赤い光だけが届くから赤いのだと。

だが私には納得できなかった。私が子供だったら更に空の色の不思議さを問い続けるだろう。「夕方に横から来る赤い光は見えるのに、昼間に上からやって来る赤い光は何故見えないの」そして、「夕日が沈んだ黄昏時の西の空は赤いけど、頭の上の空は暗いけど青いのは何故」と。その答えは簡単には見つからなかった。だから自分で考えるしかないのだ。

青い光が散乱され易く、赤い光が散乱され難いという説明は高等過ぎるので、それは自然現象だという前提にしておこう。更には太陽の直径は地球に比べ109倍も大きいので、その光はほぼ平行光線で地球に照射されていること、そして青の光の強さが赤の倍程度あるということも前提としないと説明が難しい。加えて空の色は目に届く光の色の強さの割合で見えているという、色に対する目の特性の説明が欠かせない。肝腎なのはそれをどのように分かり易く、矛盾なく言葉で説明するかということだろう。

頭上の太陽の周りの空は黄色がかった白に見え、直接に光が目に入らない所が青に見える。見渡す限りの空間では青色の光が散乱して目に入るが、赤い光は太陽の方向を見た時は直接目に入るが、それ以外の場所では散乱の程度が小さいので目に入る量が僅かとなり、青い光の方が何倍も多く目に届くので青空に見える。

日が沈んだばかりの西の空の場合は、赤い光も青い光も散乱していて、そこから目に届くまでに青い光は更に散乱して減ってしまうが、赤の光は散乱の程度が小さいので、暗い赤色の茜空に見える。そして頭上が青いままなのは、地球の影になっていない上空に届いた青い光が散乱して目に届くので青く見えるのだ。

光の散乱が起きるのは約100 km 厚の大気圏で、地球の半径がおよそ6400 km である事も理解を助けることになろう。

すると次には「夏と冬では空の青さが違うのは何故」、「朝焼けと夕焼けの色が違うのは何故」、「夜空の星の色が色々あるのは何故」と次から次へと新たな疑問が湧いてくることだろう。自分で納得した説明ができることは面白い。インターネットの検索は便利だが、疑問に対して納得させてくれる説明を見付けられるとは限らない。

疑問が湧いたらその都度が脳のトレーニングと思い、納得のいく持論を作ってみることを、これからの楽しみに加えよう。

6. 不思議な水

2020年の11月は例年にない暖かさだったが、12月に入ると様相が一転し、15日からは列島が突然の大寒波に包まれてしまった。群馬と新潟を繋ぐ高速道路では、除雪が間に合わない程の大雪が降り続き、一昼夜以上も車が立ち往生させられてしまった。関東では青空に日が差していながらも、大寒の頃にも劣らない寒さとなった。

千葉県の印旛沼の北側に位置する私の住まいでは、軒下の野菜洗い場に置いた桶の水が毎朝凍る程の寒さとなった。10日程前までは結露だけで済んでいた車の表面は、全体がベールに覆われたかのように白く凍って、そのザラザラした表面に当たった朝陽が反射して、夏の砂浜のように光っていた。

夏の間は毎日のように水を足していた冷蔵庫の製氷機だが、この季節となって、格納箱に残された氷は角が取れてドロップ飴のように小さくなっている。そして、カラカラに乾いた空気の向こうには、秋よりも更に青みを増した空が寒々と広がっていた。

空を覆う雨雲や雪雲、そこから降ってくる雨や雪、冬の窓霜や内側の結露、今朝も見た洗い桶の氷や北側の庭の霜柱と、身の回りには水からの贈り物が溢れている。雨を降らす雲とただ浮かんでいる雲、冷えた朝の車の窓ガラスの結露、外に置いたバケツの水の上に張った透明の氷、日々数々の水の振る舞いや様相の変化に接しているものの、それらを不思議に思うことなく見過ごしているのが常だろう。

何か疑問に思ってインターネットで検索すれば、一つひとつの現象について簡単に説明を見付けることができるだろう。ただそこに留まらずに、それらの疑問がいつ解かれ、歴史の中でどのように受け入れられ、現代の我々に何か影響はあったのだろうかと、その先の疑問を解いてみようと一歩進めてみると、新たな発見があって面白い。

我が家の流し台にはアルカリイオン整水器が取り付けられ、弱アルカリ水を飲料や調理に用いている。確かに市水の不味さが消えるし、公式にも胃腸症状改善効果が認められている。ただ本体は10万円もし、1個が1万円もするフィルターは年に1回の交換が必要で、10年で19万円の費用がかかる。1日あたりにすると52円だが、2リットルのペットボトルに入ったアルカリ飲料水の市販価格は100円くらいなので、1日あたり1リットル以上使えばお得である。

アルカリイオン水は1966年に効能が認められ、医療用具第1号として承認されたことに始まった。2005年に改正された薬事法で、家庭用電解水生成器は管理医療機器として認証され、家庭用電解水生成器の適合性認証基準というものができてJIS T 2004として定められている。基本は電気分解を利用してOHマイナスイオンと水素ガスを含む水である。

2001年には三洋電機（現在はパナソニック）から、電解水の持つ汚れ分解・除菌能力と、洗浄力を高める超音波技術を合わせた、洗剤無しで洗濯できる洗濯機が発売された。そしてこの技術を引き継いだパナソニックは、食塩水に応用し次亜塩素酸（HOCl）水溶液を生成して噴霧する家電の販売を2013年から始めた。除菌やウイルスの不活性化に効果があるとうたっている。

2010年になると今度はシャープが、プラズマクラスターと名付けた加湿空気清浄機の販売を始めた。静電気除去や消臭はもとより、細菌やウイルスなどの不活性化ができるという。放電によって気体の水と酸素からプラスの水素イオンとマイナスの酸素イオンを作り、その周りを水の分子で囲って対象物に付着させて作用させる。直接電気的なイオンクラスターの作用の他に、水素イオンと酸素イオンを再結合させて反応性に富んだOH（ヒドロキシル）ラジカルを作り、蛋白質をアタックして変性させるメカニズムらしい。働き終わったら水に戻るというのだからたいしたものだ。

私は1990年前後の10年間ばかり、超LSIと呼ばれた半導体メモリの生産に携わっていた。極限の微細加工と清浄化が技術革新の原動力だった。超純水を使って、そこに超高純度のアンモニア水や過酸化水素水を加えた洗浄液に超音波をかけながら、加工過程の前後に基板であるシリコンウエハーを、何回も丸洗いしては超純水で濯いでいた。酸やアルカリの薬品を使うよりもイオン水が使えないかと模索していたが、電解水を利用するまでには辿り着かなかった。

またある時には超純水の恐ろしさに遭遇した。LSIの微細パターンは感光材樹脂を薄く塗り、そこに回路パターンをミクロン未満で描くのだが、感光させた部分を薬品の水溶液で洗い流して形成する。写真の現像と同じである。溶かすべきところが溶けないと隣と繋がって不良となる。その現像装置の純水の配管系を見ると、配管はフッ素樹脂のテフロンだったが、コネクターと吐出ノズルはステンレス製だった。取り外して内側を見ると案の定、内部は赤錆に覆われていた。赤錆が発生していたステンレス部材をテフロン部材に交換するとたちまち不良は激減した。

超純水による洗浄は不純物を有さないという特徴だけでなく、物との接し方まで変わってくる。例えばガラス板の上に市水と超純水一滴を垂らしてみれば違いが分かる。身近に超純水が無いだろうから簡単には実験できないが、イメージを実感するだけならば、液体洗剤で試すことができる。

水道水をポリ袋や食品のトレイの上に垂らすと水玉ができるので、そこに液体洗剤をほんの少し加えてみたらいい。水玉の形状が急に変化する様子が観察できる。超純水やイオン水は洗剤と同じような効果のあることが推察できる。また水道水と液体洗剤を加えた水を、小さなグラスに注いで、縁からの盛り上がりの違いを観察するのも一案である。ぜひ御自身で確かめて欲しい。

私はエタノールを含んだ水（酒類）が大好きだが、汗をかいた時には人並みにスポーツドリンクで水分を補給している。汗の成分と同じ成分の電解質とエネルギー源となると糖質を溶かしたスポーツドリンクは体液補給に即効性があるらしい。これに対し熱中症を予防するために、徐々に水分補給をしたいような場合は、食物繊維入りの水を飲めば良いらしい。実に多様な水を飲み分ける時代となったものだ。

飲料水、生活水、農業用水、工業用水、湧き水に井戸水、河川の水、湖沼の水、海洋の水、雨水、雪解け水、諸々の手法で取水し、利用して廃水し、また水自身が蒸発していく。また水に溶け込んだ物質により透明度を変え、色を変える。最も身近な物質は入浴剤で、湯の色を変え香りを付け、血液の循環を高めて凝りを解してくれる。私は福島県出身なので、沼ごとに色が異なる裏磐梯の五色沼に何度も出掛けていた。磐梯山の噴火口から近いので、硫酸によって金属イオンが溶けだし、その水性が生態系と干渉し合って、神秘的な色を造り上げている。中でも磐梯山を背景とした毘沙門沼を見たならば、誰もがその美しさに目を輝かせることだろう。

水は冷えると氷結し熱すると沸騰するが、我々はその凝固点と沸点を100等分した単位系を利用している。スウェーデンのアンデーシュ・セルシウスにちなみ、摂氏度（セルシウス度）を温度の単位として利用している。

水は生物の生存にとって偶然の恩恵を与えてくれた。氷は液体の水の密度より低いので水に浮かぶ。これは不思議な現象だ。他の物質なら固体は液体に沈んでしまう。更には4℃の密度が一番高いので対流を起こして沈み、深場の水の温度は下がっても4℃で留まっている。水生生物なら、水底付近にいれば凍り付かないで済むことになる。特に海の生物なら気候変動があったとしても、生き延びる確率が高くなる。

氷になってからは更に温度を下げると収縮して密度が上がる。ゆっくり温度を下げれば0℃以下になっても凍らない。いわゆる過冷却状態になり、振動などの刺激を与えると一気に凍りだす。本当に不思議な物質だ。

更に不思議な現象が身近で観察できる。冷蔵庫の氷は、製氷機の中でも貯蔵箱の中でも、3カ月も放りっぱなしにしておくと、角がとれて小さくなっている。きっと見たことがあるだろう。これは“昇華”と呼ばれる固体が直接気化する現象だ。

これらの不思議は水のH_2Oという分子が、1個の酸素原子の両手と2個の水素原子が、直線状ではなく104.5度の角度で結合していることに大きく関係している。全体では電気的に中性だが、水素の端は僅かにプラス、酸素の突端ではマイナスに帯電しているというH_2Oの分子構造による。

液体の場合は、あるH_2O分子の端にある水素原子と隣にあるH_2O分子の酸素が電気的に引き合う。温度を下げると、4℃までは上記の電気的引き合いを維持しながら、幾つものH_2O分子がなるべく密になるように近づこうとする。

それ以下になると数分子が集まってクラスターを形成し、結晶化して氷となる。このように、氷と水と水蒸気は独立したH_2Oという水の分子が、近づいているとか離れているというだけではないことが、水の不思議を作りだしているわけだ。

水は水蒸気になって我々の目から姿を消してしまう。しかし、雨や雪となって地上に戻って再会を果たす。見えないからと言っても、水の分子は確かに存在している。我々の目に映る水分子の集団は、おかれた環境や僅かの添加物で個性豊かな特性を示す。

水の持つ不思議の理解を進めるうちに、その存在の偉大さに気付かされた。

7．青虫と緑色

まさかの寒波の到来でこの1週間は連日軒下の洗い桶が凍り付いた。しかし私が住む千葉県では空気が冷たくても、日中は陽ざしに恵まれて、風が収まれば外に出るのが心地良い。さすがに紋白蝶が舞い遊ぶことは無いが、庭のキャベツの葉は青虫にかじられて穴が空き、葉の間に濃い緑の糞が溜まっている。何とか凍死を免れて冬至を迎えたのに、私に見付かって潰されて最期の日を迎えた青虫が8匹ばかりいた。

糞は深緑、キャベツの外側の葉はくすんだ青緑、玉は艶やかな黄緑だが包んでいる葉の縁は赤っぽい。キャベツは緑系と言うのに保護色をしている虫の呼び名は青虫だ。古来、日本語には緑という言葉がなく青として表現し、現在でも色だけでなく若いとか瑞々しいとかいうことにも使っている。だから日本人は緑と青の混同を当たり前として捉えている。

我々日本人はからだの色で青虫と言っているが、他の国では何と言っているのかと思った。何と中国では緑虫だった。青と緑の区別ができて緑虫となったのだろう。これに対して英語ではCaterpillarである。Cat-er-pillarを直訳すると、猫の(毛）のような柱、つまり毛虫という意味なのだろう。我々は毛の有無で毛虫と芋虫に分けているが、英米では一括りである。

確かに他の言葉においても英語と日本語の違いを何度も実感した。例えば、かつて普及していた代表電話方式には外線と内線があった。外部との通話は外線で、外部から内部端末へは交換を通して『内線番号』に繋いでいた。これを英米では『Extension』と呼んで、名刺にも代表番号に続けて、Ex.xxx と記されていた。Extension とは拡張や伸長といった意味で、電話をかけてくる側から見た表現だ。文化によっても目の付け方が反対だった。

古の祖先が持っていた色の表現は黒、白、赤、青の４色だったと言われている。それらの４色は両国の国技館の吊り屋根に見ることができる。古代中国の「四神相応」に由来しているようで、東が青房（実際は緑）で青龍、南が赤房で朱雀、西が白房で白虎、北が黒で玄武との事である。竜の絵は緑色で描かれているが呼び名は青竜だ。青竜、朱雀、白虎、玄武に力の強弱は無いようだが、東が西より上位なので、青は白より上位を示すということだろう。

４色に何色が加えられ何色に増えたのか興味が湧いた。私の持つ浅い知識で思い浮かぶのは冠位十二階である。調べてみると603年に制定され、徳、仁、礼、信、義、智という６徳目に対し、それぞれが大小の２つに分けられて合計12階の冠位が付けられたという。６徳目の順に従い紫、青、赤、黄、白、黒の６色で大小に対しては色の濃淡が当てられていた。黒、白、赤、青に紫と黄が加わって６色となった。後から加わった紫が最上位となり、黄も白と黒より上位に位置している。これも当時の中国の文化の影響なのだろう。

700年代の前期から中期に編纂された『古事記』、『日本書紀』、『万葉集』に登場した色を拾うと、アオ、アカ、シロ、クロに加え、ミドリ、ムラサキ、アイ、クレナイ、ニなどもあるそうだ。701年に制定された大宝律令では男女とも3歳以下を緑児と記され、それが757年施行の養老令では黄に代えられたとの事である。緑児は嬰児のことで瑞々しさを表す緑であり色の緑ではないだろうが、黄は肌の色に由来したもので色としての表現だったものと想像される。この頃までにも色の種類は増えていただろうが、現代に比べかなり少なかったようだ。

緑が青から独立しつつある様子は『万葉集』の中に窺える。『春は萌え夏は緑に紅のまだらに見ゆる秋の山かも』という一首があり『春者毛要　夏者緑丹　紅之　綵色尓所見秋山可聞』と記述されていたそうである。春の萌えは瑞々しいという響きを持っていることと、秋の山が紅い斑になっていることからすると、「夏は緑」にとある緑は色合いを表現しているように感じる。今でも『新緑の青葉』といった表現が残っているが、新緑の緑は新を付加して濃くなっていない浅緑で、青葉の青は光沢のある瑞々しさを表しているように思える。

その後の794年に遷都し、雅な文化が花開き約400年も続いた平安京の時代には、色彩が豊かになったことは誰でも想像に難くないだろう。源氏物語に出てくる衣服の色だけでも200色近くあったようだ。奈良時代の中期から平安時代の中期までの約300年の間に、色の認知は100倍以上に増え、加わった色の一つひとつが、違った名前で命名されたということになる。

江戸時代には更に増えて500色もあったようであり、それぞれに名前が付けられている。藍鼠、岩井茶、薄柳、唐紅、錆利休、蒲公英、茄子紺、似紫（にせむらさき）、濡羽色、等々と風情がある命名がなされているが、我々の日常生活では使う事が滅多に無い。江戸時代までは時間の経過とともに色数の認知が激増して行った。

鎌倉時代末期の1300年頃に編纂された史書の『吾妻鏡』では虹が黄、赤、青、紅梅、赤の５色と記載されていた。その５色がなぜ選択されたのか理由は不明だが、江戸時代の浮世絵に描かれた虹の色の数は、３色から５色と増加しなかった。明治以降はニュートンの７色説の導入と縁起が良い七福神を合わせて７色が普及したようである。世界では虹の数が２色から８色とまちまちである。連続している可視光のスペクトルを飛び値で表そうとするのだから所詮無理がある。

虹に相当する可視光のスペクトルは連続的なのだから、それをデジタルとして分割し、何色あるという表現をする方に無理がある。色の表現数に限りがあるならば尚更であり、色名で表現しなければならないという法は無い。明るさの違いで表現しても構わないだろう。虹を見た時に上側と中央と下側での違いをどのように表現するかは、まさに文化と色の認知度の違いであろう。

我々は連続的な可視光で見えた色を、任意に表現できる光の合成法を手に入れた。最も色数が少ない赤、緑、青という３原色を使って、欲しい色を作り出すことができる。同様に絵の具のような色材ではマゼンタ、イエロー、シアンを使う。どちらでも良さそうだが、そうではない。また3原色を合成すると光では白となり、色材では黒となるのはそれなりの理由がある。上手い説明ができなかったので調べてみた。

人間の目の網膜には光の波長に対し吸収する効率が異なる3種類の、先端が錐体形をしている細胞があるそうだ。感じやすい光の波長が長い、中間、短いに対応して、L（赤）錐体、M（緑）錐体、S（青）錐体と呼ばれているが、人間が進化の過程で獲得した光の感知法だ。だから1つの色に相当する1つの波長を見ているのではなく、3つの錐体が受けた信号の重ね合わせで色を見ているのだ。だから光の3原色を

虹色数の表現の違い

色数	国・地域・民族	色
2色A	沖縄の1地域	赤・青
2色B	南アフリカの1地域	赤・黒
3色A	モンゴル	赤・黄・青
3色B	台湾のブヌン族	赤・黄・紫
4色	インドネシアの1部	赤・黄・緑・青
5色A	ベルギー	赤・黄・緑・青・青
5色B	中国・メキシコ	赤・黄・緑・青・紫
6色	アメリカ・イギリス	赤・橙・黄・緑・青・紫
7色	日本・韓国	赤・橙・黄・緑・青・藍・紫
8色	アフリカの1部族	赤・橙・黄・黄緑・緑・青・藍・紫
（虹）	可視光のスペクトル	
	波長（nm）	780　600　550　500　450　380

足すと全ての錐体が感応して白となるわけだ。この方式そのものがカラーテレビやスマホのディスプレイに利用されている。カラーディスプレイの色表現法は詳しく知っていたが、目の錐体について初耳、否、初目だった。

一方の色材の場合は、マゼンタ、シアン、イエローが3原色となっている。シアンとは白の可視光全体から赤が除かれて反射した光の色だ。同様に白引く緑がマゼンタ、白引く青がイエローとなる。それぞれは補色と言われている。だから色材の場合は3原色を重ねると白色光から赤と緑と青が除かれるので黒となるわけだ。ただ単に3色を塗り重ねた場合は、上の色で下の色が隠されるので、光のようには上手くいかない。カラープリンターでは、カラーインクで合成した黒

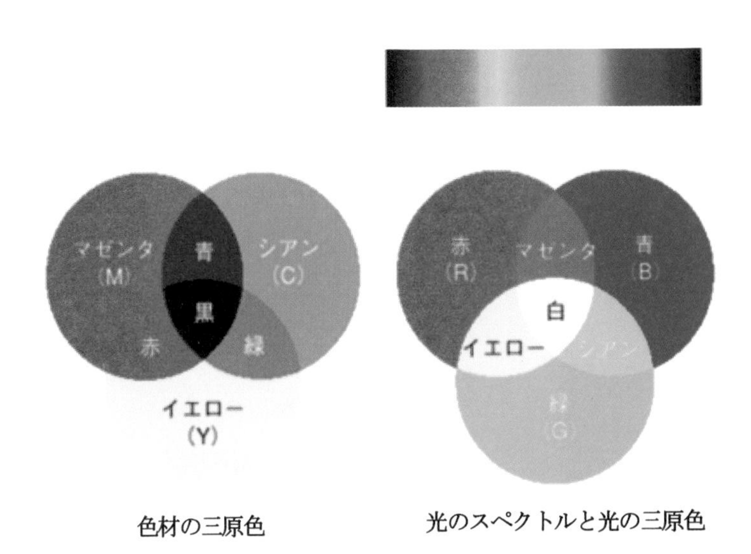

色材の三原色　　光のスペクトルと光の三原色

と、黒インクのクロでは色合いが異なるので、比べてみると納得できる。

キャベツの緑色は単純な1色ではなく、光の向きや空模様でも違って見える。よく見ると、玉の内側と外側、青虫、開き始めた外葉、開ききった外葉、青虫の糞でも色が異なり、この順に色は濃くなっている。これらの色を、色見本を参考にして洋と和の名前で表現すると、洋ではレタスグリーン、リーフグリーン、エバーグリーン、アイビーグリーン、スピナッチグリーン、クロームグリーン、和では黄緑、若緑、緑、常盤緑、千歳緑、深緑となる。

色とは見え方と表現法の文化に依存しているデジタル表現のようだ。だからと言って何万種もの色にそれらしい名前を付けるのも、番号を振って正確性だけを追求した表現をするのも実生活には意味がない。色自身も増加しては淘汰する進化の船に乗っているようだ。

色を自分の言葉で伝えるのは難しい。

８．年末の月光

冬至翌日の午後、東南の青空には半円に近い白い月が心許なく浮かんでいたが、それは下手な包丁捌きで薄く半月切りした大根のようで、海と呼ばれている暗部が空と区別できないほどの青色を呈し、それが月をまるで透けているかのように見せていた。

夕日が沈み暗くなってきたので外から雨戸を閉めようとしたら、あのペラペラとした白い月は、暗部を灰色に全体を淡黄色に変えて上弦の月となり、南の空に存在感を増していた。すっかり暮れたらどんな姿になるのかと気になって外に出てみると、少しお腹を膨らませて淡金色に輝いていた。仰いでいた目線を地面に向けると、自分の背丈より少し短い影が足元から伸びていた。66年間の人生で月光での影を意識したのは初めてだった。今までもきっと見ていたのだろうが見えていなかったのだろう。

自身の影は足元に敷き詰められた20 cmの平板５枚分の対角線の長さだった。20掛ける５掛ける$\sqrt{2}$で141 cm、身長より20 cmばかり短いので仰角は50°くらいかなと、２等辺３角形の辺の長さの比を思い出しながら暗算していた。歴史の年代の暗記は不得意だったが、直角２等辺３角形の長辺は短辺の$\sqrt{2}$倍だったのは覚えていた。$\sqrt{2}$は語呂合わせで「一夜一夜に人見頃」、$\sqrt{3}$は「人並みに奢れや」だったとも。

直角三角形では斜辺の長さの２乗がその他の２辺の２乗の

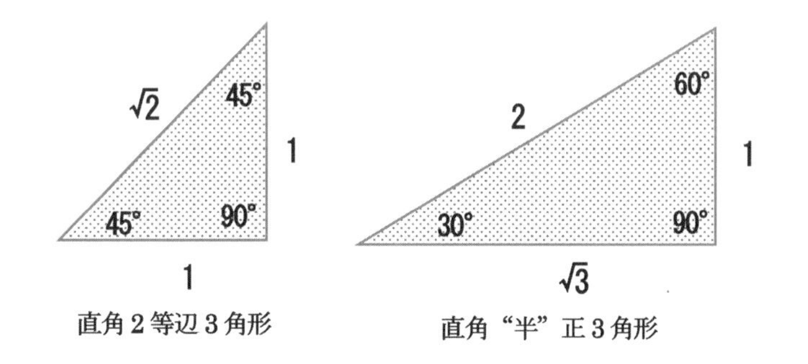

直角２等辺３角形　　直角“半”正３角形

和に等しいというのが三平方の定理でありピタゴラスの定理とも呼ばれている。まさか月光での影を見て三平方の定理を思い浮かべるとは思わなかった。sin45°は$1/\sqrt{2}$、cos60°は1/2だったと、三角比まで浮かんできた。そして最後に三角関数を使ったのは何時だっただろうかと記憶を辿っていた。

冬至には昼前に登場して白い姿を見せていた月は、日毎に丸みと黄色みを増して、遅い時間に現れるようになった。太陽と違って１日の変化の大きさに気付かされた。ふと「光陰矢の如し」という格言が浮かんできた。その意味や出典が気になったので、即座に部屋に戻って調べてみた。

意味は字面通りで、「月日が過ぎるのは矢のように速く戻って来ない」だったが、出典の説は諸々で曖昧だった。ただ江戸時代より前から使われていたようである。「光」は日、「陰」は月で、「光陰」は月日や時間を表している。すると次には「歳月人を待たず」が浮かんできた。

漢文では「歳月不待人」と書かれるが、５言だけの１句にその前にある３句を含めた４句での、勉学の勤しみに教訓をおいた解説ばかりでつまらなかった。

ならばと、インターネットの検索に“歳月人を待たず　全文”と入力してEnterキーを押した。すると第一候補として“「歳月人を待たず」 陶淵明　漢詩の朗読”がヒットして来た。左大臣光永氏の『漢詩の朗読』というサイトで、全文と読み、現代語訳に解説まで載っていた。

全文と現代語訳を句ごとに番号を振って対応させてみたものを、次の枠内に示した。⑨～⑫だけの4句に絞ったなら、教訓的な解釈も可能だろうが、⑦と⑧の2句まで加えると辻褄が合わなくなってしまう。

①人生無根蔕 ②飄如陌上塵 ③分散逐風転 ④此已非常身
⑤落地為兄弟 ⑥何必骨肉親 ⑦得歓当作楽 ⑧斗酒聚比隣
⑨盛年不重来 ⑩一日難再晨 ⑪及時当勉励 ⑫歳月不待人

①人生には木の根や果実のヘタのような、しっかりした拠り所が無い。
②まるであてもなく舞い上がる、路上の塵のようなものだ。
③風のまにまに吹き散らされて、
④もとの身を保つこともおぼつかない。
⑤そんな人生だ。みんな兄弟のようなもの。
⑥骨肉にのみこだわる必要はないのだ。
⑦嬉しい時は大いに楽しみ騒ごう。
⑧酒をたっぷり用意して、近所の仲間と飲みまくるのだ。
⑨血気盛んな時期は、二度とは戻ってこないのだぞ。
⑩一日に二度目の朝はないのだ。
⑪楽しめる時はトコトン楽しもう！
⑫歳月は人を待ってはくれないのだから!!

また次の枠内のような明快な説明を見つけ、なる程と大いに納得した。原稿を書いてから半年余りが過ぎ、出典を確認しようとしたらネットから削除されて消えていた。残念だが投稿者不詳とさせていただこう。

「雑詩」は「思いのままに書き綴った詩」。全十二詩の中の一詩目です。
「時に及んで当に勉励すべし　歳月人を待たず」ここが、日本ではずっと「過ぎた時間は二度ともどってこないんだから一生懸命勉強しなさい」というツマンナイ意味にとられてきました。
　確かにこの部分だけ取れば「勉励すべし＝努め励め」と取れますが、詩全体の文脈を見ると、「何に努め励むのか？」ハッキリしてます。
　酒を飲んで、おおいに楽しむことに「努め励め」とすすめているのです。
　こういう、一部分だけを取り出して変な解釈をこじつけることを【断章取義】といいます。
　このアホな解釈をした人は、詩全体を読んだことがないか、それとも読みはしたが自分が言いたいことを通すため、意図的に解釈をねじまげたか、どっちかでしょう。

偶然に見ただけの“月影”に“光陰矢の如し”や“歳月人を待たず”が思い浮かび、「歳月不待人」の出自である陶淵明の“雑詩”の1首の全文を解釈できた。実はインターネットの検索前に、手元にあった奥平卓著の『漢詩名句集』というPHP文庫を開いていた。「盛年不重来　一日難再晨　及時

当勉励　歳月不待人」を勉学の教訓として解釈するのは【断章取義】だと批判していた。ただ全句が示されていなかったので、インターネットでの検索に向かったという次第である。

そして、これらの３つの解説で、陶淵明の詩の本来の意味を知り、【断章取義】に基づいた格言や教訓的熟語の弊害を教えられた。有り難うございました。陶淵明先生、左大臣光永先生、奥平卓先生、そして不詳の投稿者先生。

もう先が見える老人となってしまった。いつ弱っても不思議ではない老体、まして先輩たちは尚更だ。何人もの友人たちが既に逝ってしまった。からだが動くうちに、積極的に機会を作って、互いの近況を確かめ合おう。晴れた夜空のときには月でも眺めながら、じっくりと杯を酌み交わす。日々季節の味と風情が趣向を変えて待っているようだ。

大晦日となって朝の６時に目覚めてトイレに向かうと、西側の曇りガラスに明るい光が当たっていた。外灯にしては高い位置すぎたので、何かと確かめようと思い外に出た。吹き付ける冷え切った西風の向こうに、少し縦に潰れた満月が、淡金色に輝いていた。みるみる東の空は日の出前の朝焼けで赤く染まって、月影はおぼつかなく消えようとしていた。朝の月影を見たのは初めてだった。

確かに今日の朝、今日の夕べは今日しか迎えられない。

9. 元旦の陽光

2021年の元旦の夜明けは前年からの寒波で視界の限り霜で覆われ、あまりの冷え込みに縮みあがった。初日の出は暖房の効いた部屋の窓から迎えようと雨戸を開け、東向きの窓のブラインドの羽根を水平の位置に調整した。6時半を過ぎてテレビをつけると、日本各地の日の出の様子を放映しようとしていた。千葉県では銚子での日の出が間もなくだった。

7時になった頃から窓の外が急に明るさを増し、ほぼ水平の強い光が部屋に差し込み、ブラインドの羽根の線状の影を何本も鮮やかに、向かい側の壁に投影した。庭も隣地の畑も、その向こうのテニスコートほどもある太陽光発電のパネルも、霜に覆われた表面が白浜の砂のように、キラキラと朝日を乱反射していた。

ブラインドの影はぼやけながら徐々に少し低い位置に移り、8時頃には明暗が曖昧な横縞の模様に変わっていた。この縞模様の明暗の変化を見ながら朝食を済ませ、車に暖機運転させながら、出掛ける準備を万全にした。元朝参りではなく初打ちの準備だった。高校で教員をしながら野球部のコーチをしている息子とゴルフをすることにしていた。

息子は冬季を除いて祝祭日なく練習と試合の指導に明け暮れているので、年末年始くらいしか一緒に休日を過ごす機会が無く、その間に2度か3度のゴルフを一緒にするのが恒例となっていた。初打ちは、自宅から小1時間ばかりの、利根川を挟んで向こう側にある茨城県のゴルフ場だった。

プレーの成績は散々だったが、穏やかな陽ざしの下で幾つかのパーがとれたことと併せ、飛距離が伸びピンそばへのアプローチも上手くなった息子のショットを見て、彼の成長が確認でき、親父としての喜びを感じた。午後の４時前にプレーを終えたが、新型コロナ感染拡大の真っ最中だったので、風呂に入らず手と顔を洗って帰途についた。

西に向かって走り出すと陽光がサンバイザーの下から差し込んで眩しかった。５分ほど車を走らせ交差点を左折して南に向かうと、右手に樹木や家屋が現れる度に翳りとなって、激しく明暗が入れ替わる中の運転となった。その陰影を見て、ついこの間に知ったばかりの“陰”と“影”の違いの蘊蓄を披露した。

すると息子は、この季節には出勤前に凍った車のフロントガラスに水をかけて溶かしているが、アルコールが入ると氷点が下がることを知ったばかりだと話し出した。息子は理科に薄い普通科の高校を卒業し、大学では教育学部だったので、液体の凝固点や沸点の授業を殆ど受けていなかった。

私も高校では普通科だったが、２年生からの選択コースで理系を選び、大学では化学を専攻していたので、当然のように水に何かを添加すれば、凝固点や沸点が変化する事を学んでいた。アルコール（身近なところでエタノール）と水なら、両方とも常温で液体なので、混ぜ具合で凝固点や沸点はそれぞれの特性の間になるだろうとは誰でも予想できることだろう。

また大抵の人は水が凍るのは０℃で、沸騰するのは100℃であることは知っているだろうが、エタノールの特性について知っている人は少ないだろう。万人の常識としては、酒に入っている成分で、飲めば酔うという程度であろう。蒸留酒は醸造酒に熱を加え、水より蒸発しやすいアルコール分を抽出冷却しているので、水より沸点が低いことや、経験的に酒が水より凍りにくいことは知っているだろう。

自身、エタノールの沸点や凝固点（融点と同じ）を知らなかったので、水とエタノールを混ぜた時の特性については、定性的なイメージしか持っていなかった。確かにエタノール水溶液の沸点や凝固点は、エタノール濃度に応じて変化するが、濃度との関係は単純ではなかった。便利な図表が見つからなかったので、それらをまとめてグラフにしてみた。

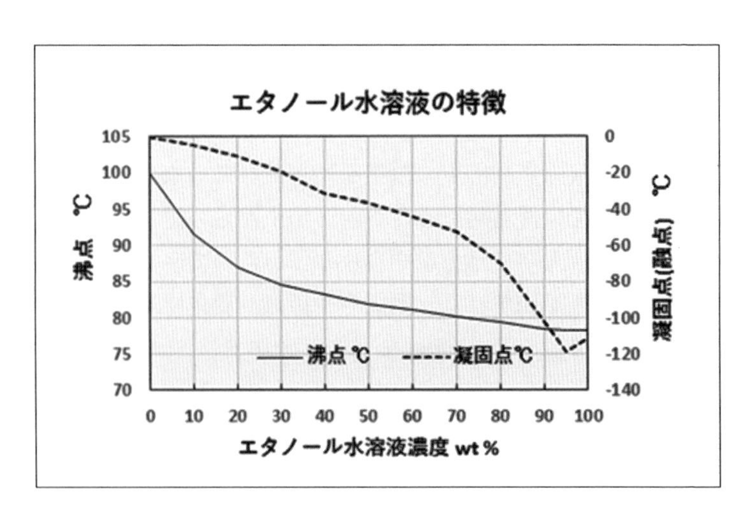

エタノール濃度が30％未満では、濃度増加に対して急激に沸点が低下するが、凝固点の変化はさほどでもない。これに対し濃度が70％を超えると急激に凝固点は下がるが、沸点の低下は僅かである。またエタノール100％よりも95％辺りに、凝固点が一番下がる特異点がある。

水は少しのエタノールの添加によって大きく沸点が変化し、逆にエタノールは少しの水の添加によって凝固点が大きく変化する。純粋な物質に何かを加えると特性が変化するが、大きく変化する特性もあり、少ししか変化しない特性もある。あるいは特定量の添加に対して特異的な変化をすることもある。逆鱗に触れるとはこういうことかも知れない。

ゴルフ場から15分ほど車を走らせ、茨城県側から利根川に架かる常総大橋を渡り、渡り切った所で右折して西南西に向かう国道356号線に入ると真正面に富士山が現れる。その橋を渡る少し前に右側の窓に富士山が見えるのだが、息子はその見える方向が自分の感覚と合わなくて不思議だと言った。私はうねった国道356号線を走る時に富士山が右に見えたり左に見えたりするので、自分の方向感覚の危うさを感じていると言った。

少し高度を下げた陽ざしが真正面から飛び込んできて更に眩しくなっていたが、場所によっては富士山の後光となって、日暮れ前の西の空に煌びやかに放射していた。ずっと先の私が住んでいる町の端まで走れば、利根川から支流として印旛沼と繋がる長門川が分岐し、そこを越える356号線の橋は“ふじみ橋”と名付けられている。

右手方向にはまだ紫がかった青い筑波山が、富士山よりも少し大きな姿を見せていた。私の住む町では西南西に聳える富士山と、ほぼ真北に聳える筑波山の両方を同時に眺望することができる。利根川の堤防の頂上はサイクリングロードとなっていて、往復で変わる遠景や近景は何時眺めても飽きることが無い。

富士山を遠望していた息子は、国内のどの辺までなら富士山が見えるのだろうと、また新たな疑問を投げかけてきた。半径200km程度の範囲なら見えそうだとも付け加えた。私が生まれた福島県のどこかで富士山が見えたという案内板があったことや、以前に赴任していた三重県でも富士山の見える場所があったことを思い出した。自宅に戻って調べてみると、福島県の南部や三重県の東部は可視範囲の中にあることと、300km程度の範囲まで確認されたという実績を知った。

2021年の元日は、東の窓から差し込む朝日とブラインドの影を見て朝食を摂り、頭上から注ぐ陽光を浴びてゴルフを楽しみ、富士山の後ろに沈む夕日を眺めながら、息子を助手席に乗せて家路に就いたのだった。

10. 箱根駅伝

66歳になって迎えた正月２日は、元日よりも少しだけ冷え込みが弱まり、水平に差し込む陽ざしが強まったような朝だった。そしてこの日の昼過ぎまでの予定は、箱根駅伝の往路のテレビ中継を見ることだった。とはいえ、１区間の走行は約１時間なので、途中は外に出て庭を歩いたり仕事机を整理したりして、主に各中継の15分くらい前から最後尾の走者が襷を渡す辺りの、引き継ぎ前後の変化を楽しんでいるだけだ。

ただ往路の山登りの５区だけは他区間とは違った走りに魅了されて以来、正月の昼食時ということもあって酒とつまみを用意して、区間の走りの終始を全て見るようになった。また翌日の復路については朝食（＋酒）を摂りながらの６区のスピード感と、昼食（＋酒）を摂りながらの10区のエンディングを楽しむのが2009年からの正月の過ごし方となった。それ以前はどちらかと言えば、箱根駅伝への興味は薄かった。

その2009年は大学の卒業以来、初めての無就労者として正月を迎えた年だった。54歳になった前年の年末に、30年余りのサラリーマン生活に終止符を打っていたのだった。２月からは知人からの誘いを得て、アルバイトを始めることにしていたが、１月の１カ月間は何の仕事上の課題や新年の挨拶なども無く、例年とは全く違った正月となっていた。

元旦に続き２日の朝食もお節料理とお屠蘇に十分に時間をかけ、寒さが緩んでから外に出て、放りっぱなしだった庭を手入れした。庭仕事を終える頃には昼となったので家に入って手を洗った。少し汗をかいたので、まずは冷蔵庫から缶ビールを１本取り出し、グラスに半分ばかり注いでグッと飲み干し喉を潤した。残っていたお節を肴にして２杯目に移り、リモコンでテレビのスイッチを入れた。

すると箱根駅伝の往路の小田原中継所手前辺りが映し出され、５区への襷が引き継がれる少し前だった。その日も積極的に駅伝を見るつもりは無かったが、卒業した東洋大学の選手が走っていたので、チャンネルをそのままにして、ビールを日本酒に替えて眺め続けていた。

大学の駅伝競技は出場資格を得るだけでも容易ではないことは知っていたが、この日の５区の走りを見るまでは、たとえ自分の母校がシード校となっていても応援の気持ちは弱かった。自身は1973年の入学なので、以来44回開催された箱根駅伝だが、母校は10位前後での成績が多かったこともあって、殆どレースでの感動を味わったことが無かった。優勝経験は一度もなく、また優勝にからむことすら無かった。

2009年より前の大会では、むしろ2005年から2007年の３大会における順天堂大の今井正人選手を応援していた。彼は５区において３年連続で区間記録を更新し、「山の神」という称号を得るに至った。2005年の第81回大会では20.9kmを１時間９分12秒で走っての記録更新だった。第82回大会からは５区の距離が23.4kmに延びたが１時間18分30秒で区間賞を取り、第83回大会では1時間18分5秒と記録を更新した。

どこのチームを応援するのか、あるいは誰を応援するのかは、往々にして応援する側の全く個人的な事情に基づくものである。応援される側のパフォーマンスの素晴らしさに魅了されることもある。今井正人選手を応援した理由は、登り道での力強い走りと、同じ福島県の出身という関係が大きい。また彼の所属した順天堂大学スポーツ健康科学部が、私が住んでいる印旛郡栄町の隣の印西市にあることも、現在の県人会の要素として加わっていたようだ。

今井正人選手が卒業した2008年の箱根駅伝は、順天堂にとっても東洋にとっても厳しい結果だった。東洋大は何とか10位で翌年のシード権を得たものの、順天堂は5区での棄権により完走すらできずにシード権を失った。観客にとってはドラマの1シーンにしか過ぎないだろうが、当事者たちにとっては想定外の苦難の到来だったことだろう。

そして2009年の第85回大会を迎えることになる。1933年から参加している東洋にとっては通算67回目の挑戦だった。一般に「箱根駅伝」と呼ばれているが、正式の名称は「東京箱根間往復大学駅伝競走」だそうで、1958（昭和33）年の第34回大会からの競技名である。それ以前は「東京箱根間往復関東大学駅伝競走」、「東京箱根間往復大学駅伝競走」、「東京箱根間往復大学高専駅伝競走」などの名称の変遷があったようである。

シードや予選会の制度が生まれたのは1957年の第33回大

会からで、前年の第32回大会では希望校の15校が参加したが、それ以前は参加校が少なかった。1920年の初回は、早稲田、慶應、明治、東京高等師範（東京教育大――現在の筑波大の前身）の４校で開催され、大会名も「四大対抗駅伝競走」だった。ちなみに第１回の優勝は東京高等師範学校だった。

また、1941年、42年、44年、45年、46年の５大会は太平洋戦争のために中断された。ただ43年の第22回大会は軍部主導なのか陸上連盟主導なのかは判らないが、「靖国神社箱根神社間往復関東学徒鍛錬継走大会」と命名されて実行されたとのことである。“鍛錬”という２文字が加えられていて、戦時下という背景を反映している。80年が経った現代に至っても、国際的なスポーツ競技への参加は国家や政治に影響され続けている。

ともあれ、2009年の５区のドラマには驚愕した。前年の第84回大会で何とか10位でシード権を得ていたものの、我が母校の東洋は第85回大会も１区は８位、２区は14位、そして３区と４区は９位と過去の実績通りの成績で、諦めも無ければ期待も無い、想定そのものの走りだった。

むしろ前年に準優勝だった早稲田が１位、６位、２位、１位と大いに気を吐き、前年同様にモグス選手が活躍した山梨学院が昨年同様に４位、１位、１位、２位とレースを引っ張っていた。全く対照的だったのは前年優勝校の駒沢で、19位、８位、17位、18位と全く精彩に欠いていた。

５区の小田原中継所で襷が渡った順位は、早稲田、山梨学院、明治、日体、帝京、中央学院、東海、国士館と続き、東洋は9位で早稲田から5分も遅れていた。そして5区の道程は23.4km、出だしから18.5kmを海抜10mから874mまで駆け登り、往路のゴールの芦ノ湖駐車場まで残りの約5kmを150m程駆け下りるものだった。

東洋の5区は箱根駅伝初挑戦の1年生の柏原竜二選手だった。最高点に至る前に7人を抜き去り、19kmを過ぎた辺りでトップに立って、今井正人の記録を47秒も上回る1時間17分18秒の区間新記録でゴールのテープを切った。1杯目のビールを飲み始めた時は、まさかこのような興奮に襲われるようになるとは想像しなかった。そしてこれが母校初の往路優勝のシーンだった。

ではなぜこの時に5区を見続けたのかと言えば、柏原竜二選手が福島県出身という理由だった。かつて今井正人選手が5区を走った時と同じような理由だ。彼が単に東洋大の後輩というだけだったら、テレビのチャンネルを変えていたかも知れない。往路で優勝したのだから翌日の復路では、朝からの半日余りをずっと東洋大の応援で過ごした。

6区と7区では往路で2位となった早稲田に首位を譲ったが、8区で首位を奪い返してからは独走し、初の総合優勝を手にすることができた。67回目の挑戦にして初めて母校が栄冠を得る場面を目の当たりにして感動した。そしてこの時ようやく母校のユニフォームと襷の色が“鉄紺”と呼ばれていることを意識した。

後になって知ったことだが、柏原選手が東洋大に入り陸上部に所属し、箱根駅伝の５区を走るようになったのは、前年の高校３年生の時に都道府県対抗駅伝大会で福島県代表として今井選手との出会いがあったからとのことである。いわき総合高校３年生の柏原選手が１区、トヨタ自動車九州の今井選手が最終の７区を走っていた。それについて2019年12月の東洋大のWEBマガジンにインタビュー記事が載っていたので以下に転載させていただく。

──５区を走りたい、と思うようになったきっかけは何だったのでしょうか？

「同じ福島県出身のランナーで初めて“山の神”と称賛された今井正人さん（順天堂大学出身）から箱根駅伝の話をいろいろ聞いているうちに、純粋に今井さんが見た景色を僕も見てみたいと思ったのがきっかけです。」

──特に惹かれた言葉はありましたか？

「高校３年生のとき、都道府県対抗駅伝大会が終わった帰り際に、広島駅のホームの待合室で今井さんと話したときのことです。『５区ってどんな区間ですか？』と聞いたら、今井さんは“きつい”とか“厳しい”と言うのではなく、『やりがいのある区間』だと教えてくれました。」

人の進路や挑戦において、このような偶然の出会いやきっかけが大きく影響することが少なくない。時として運命の出会いや運命の出来事などと表現する。「初代・山の神」が

「新・山の神」を創造したかのようだ。そして「新・山の神」は東洋大に初の往路優勝と総合優勝をもたらしたばかりでなく、翌年の2010年も往路と総合の連続優勝、2011年には往路優勝と総合２位、そして４年生となった2012年にはまたも往路優勝と総合優勝をもたらした。

この間に設楽兄弟が加入し、柏原選手が卒業すると服部兄弟が加入して常勝校の礎を築いた。しかし安泰は長く続かず、2015年の第91回大会からは青山学院の時代へと移行した。2018年まで４連覇し、以降も２位、優勝と上位に君臨したが、今年は４位に後退した。

今年2021年は創価大学が往路優勝を飾り、惜しくも最終10区で駒沢大学に抜かれ優勝は逃してしまったが、総合２位という見事な成績を収めた。箱根駅伝の初出場は2015年で、何と僅か４度目の挑戦で往路優勝をしたのだから驚きの大躍進だ。

今年の駅伝はどことなく例年と違っていた。新型コロナウイルス感染のリスク回避から、沿道での声援の自粛が求められて、応援者側の熱気が消失していた。マスクをかけた運営や所属チームの人々も声が控えめで淡々と行動していた。だからこそ走者の表情や振る舞いに微妙な闘志の変化や肉体と想いとの葛藤が伝わってきて、かつてとは違った静かな興奮が、起伏が少ないまま終始に亘って持続した。

“箱根”駅伝という大会名がイメージを作ってしまうのかも知れない。往路の５区と復路の６区は小田原と芦ノ湖の日陰となった山道を上り下りする光景に、箱根の雰囲気と箱根駅伝らしさを感じてしまう。平坦で明るい景色の中を走る、大手町〜鶴見〜戸塚〜平塚〜小田原の４区間とは全く違った雰囲気を感じる。

昨年の11月の末頃に書いた第１編の「光と陰影」は、串田孫一氏の『虹を見た夕暮』という１冊の中の、「光と翳」という１編の箱根の描写に触発されたものだった。普段は人物を含まない自然のしんみりとした光景を好むが、箱根駅伝の、特に小田原と芦ノ湖間の冬枯れの中を躍動する、若者たちの姿を見るのは更なる特別な感動を与えてくれる。また１年後が楽しみだ。

11. ２人だけの新年会

2021年１月の第２週目の土曜日は厳しい冷え込みの朝を迎えたが、窓から陽ざしを十分に取り込んだ部屋は、10時頃には暖房を必要としないほどに室温が上昇した。呑み友達となった、年金生活が少しだけ早い隣人が、昼食時の都合を聞くために、私の仕事場を兼ねた住居の先にある畑でキャベツを収穫した帰りに立ち寄った。

新型コロナウイルスの感染対応で、他の地に住む家族の来訪がお互いに無かったので、呑兵衛同士の２人だけでの新年会を考えていたという。前々日に関東１都３県への緊急事態宣言が発令されたことで、隣人はこの日に予定していた自身のサークル活動が中止となったそうだ。そこで急遽の新年会を提案してきたのだが、もちろん断る理由は無かった。

昼に酒と肴を持ってやって来ると言うので、庭の菜園からレタスとブロッコリー、大根、人参を採って、サラダを用意した。洗い場の市水の水道は、蛇口が凍ったままだった。幸い散水用の井戸水の蛇口は解けていたので、根菜類の泥だけは落として台所で収穫物を水洗いした。レタスは中心まで霜が付いた凍傷状態で、見てくれは優れなかったが味は悪くなかった。

まずは私が作った、ツナとチーズをトッピングしたサラダに合わせて白ワインを１本飲み、次に隣人が持参してくれたニシンの昆布巻きと鯵の握り寿司、４合瓶の日本酒を美味しく頂いた。食後のコーヒーを飲むと、隣人はやおらマラカスとボンゴ、クラベスを取り出した。そういえば昨年の12月の中旬に2人だけの忘年会をした折に、酔った勢いで私の未熟なギターを伴奏に若い頃に流行った歌を何曲か歌っていた。

隣人は打楽器が得意だったので、次に呑むときには一緒に合奏してみようと言ってはいたが、そんなことはすっかり忘れていた。ともあれ、ここ2年ほど前から気分転換に練習していた拙いギターと、隣人が持参して来た打楽器をアドリブで加えて合奏した。上手くいく曲もあれば全く合わない曲もあったが、1人で弾き語りするよりも、音に奥行きが増して何倍も良かった。

そして数曲を選んで練習して、身内に聴いてもらえる程度に仕上げ、まずは互いの家族を聴衆として披露してみようということになった。そこで選んだのが次の4曲である。『いい日旅立ち』、『灰色の瞳』、『The Long And Winding Road』そして『My Way』だ。もう40年も50年も前の古い歌ばかりである。70歳前後となった2人の老人にとって、新しい曲の習得は難しい。

『いい日旅立ち』は大学生の頃に流行った曲で、当時の国鉄のキャンペーンソングだった。作詞と作曲は谷村新司氏によるものだ。それまでの百恵チャンとは違って、ゆっくりと、静かに、それでいて力強く伸びやかに歌い上げていた。それまでは百恵チャンというアイドルの歌を聴いてきたが、この曲は山口百恵という歌手の歌として聴き入った。

それ以上に魅了されたのが編曲だった。ピアノとハープの音色で始まりドラムが続き、トランペットが高らかに響く前奏は哀愁に満ちた旅の始まりを物語っているようだった。この編曲をしたのは川口真氏という方だった。当時は単に“イイ”という印象だけだったが、聴き直してこの曲の良さを再認識し、この編曲家の他の作品を知りたくなった。お気に入りになった大抵の曲は編曲が優れているとも感じていた。

岡山から上京し、東京芸術大学に在学中から、歌手の越路吹雪のバックバンドでピアニストを務め、作曲家のいずみたくの事務所ではアルバイトで編曲をしていた。いずみたくが作曲し永六輔が作詞し、坂本九が歌って大ヒットした『見上げてごらん夜の星を』の編曲を手掛けたのも川口氏だった。

その『見上げてごらん夜の星を』は、永六輔が手掛けた同名のミュージカルで1960年に封切られ、劇中歌として歌われていた。1963年になって坂本九の懇願によって再演され、それがレコーディングされて歌謡曲としてもヒットしたとの事だ。『見上げてごらん夜の星を』も大好きな１曲であり、私の弾き語りのメニューに入っている１曲である。

このミュージカルでは『アンパンマン』の作者で有名なやなせたかしが美術を担当していたという。私が小学生だった今から60年も前に、若き日の先人たちは寄り集まって、後世に残る作品を手掛けていた。

川口真氏は作曲家としても数々の作品を手掛け、その中には私の好きな曲が幾つもあった。歌手と曲名を挙げておこう。尾崎紀世彦の『さよならをもう一度』、トワ・エ・モワの『ともだちならば』と『季節はずれの海』、槇みちる/中尾ミエの『片想い』、由紀さおりの『手紙』、等々。

次の1曲は加藤登紀子と長谷川きよしが歌っていた『灰色の瞳』である。その独特のリズムを醸し出すパーカッションとギター、旋律を引き出すストリングスやフルートの二重奏、そして男女の織り成す二重唱は衝撃的だった。加藤登紀子の詩に描かれた荒涼とした光景が眼前に現れ、それまでに経験したことのない寂寥感に襲われたのを思い出す。

『灰色の瞳（Aquellos Ojos Grises）』はティト・ベリス（Tito Veliz）が作詞し、アルゼンチンのケーナ奏者・ウニャ・ラモス（Uña Ramos）が作曲した曲だった。1974年に加藤登紀子が日本語で作詞したものが、長谷川きよしとのデュエットで歌われた。私は大学2年生になって二十歳を迎える年だった。

編曲者は作曲家でもありギタリストだった山木幸三郎という人物だった。残念ながらその方が手掛けた作品を見付けることは難しい。また編曲を手掛けることになった経緯も、加藤登紀子と長谷川きよしとの出会いについても、ネットの中では発見できなかった。

サイモン＆ガーファンクルの『コンドルは飛んで行く』を聴いて以来、フォルクローレに興味が深まって、ケーナやパンフルートといった笛だけの演奏も聴くようになった。やがて趣味が高じて、自身でもケーナを手作りして吹くようになった。しかし今、かつて作ったケーナを取り出して吹いてみたが、まともに音をだすことはできなくなっていた。

3曲目は『The Long And Winding Road』である。我々の世

代の多くは、好き嫌いによらずビートルズの音楽を聴いて育っている。この隣人はミュージシャンの中で特にビートルズが好きだと言っていたので、私のお気に入りでもあるこの曲を選んだ。1970年にリリースされた曲でポール・マッカートニーが作詞、作曲して自ら歌っていた。

オーケストラの演奏でコーラスも加えられ、壮大なパノラマが広がるような１曲で、それまでのビートルズの曲とは全く違う印象だった。前年にビートルズらしく録音していたものと全く趣が異なるように再プロデュースされていた。フィル・スペクターによってオーバー・ダビングが施されてリリースされた作品となっていた。

この無断のプロデュースに憤慨したマッカートニーが、訴訟を起こしてまでしてビートルズの解散を強行した。ビートルズにとって初めてのオーバー・ダビングは、危うく結びつきを保っていたビートルズに決定的な亀裂をもたらした。『The Long And Winding Road』は、そんな訳ありの１曲だった。ビートルズを解散してからも、マッカートニーはピアノでの弾き語りを含め、幾つものアレンジで歌い続けている。

私にとっては、どのヴァージョンを聴いても心地よい。パーカッションとギターだけの演奏なので、相乗効果を上手く出せるように練習をしてみようと思っている。

そして最後の１曲が『My Way』である。学生の頃から聞いていて、社会人となりカラオケが普及するようになってからは十八番となった。ただ職業人生も後半となって、50歳を過ぎてからはカラオケに行く機会も殆ど無くなり、音楽と接する機会も稀になっていた。

２年ほど前にギターを買った折に、長いこと書棚に眠っていた『フォークの全て』という楽譜集を取り出して、簡単に引けそうな懐かしい曲を爪弾いていた。フォーク集の中にフランク・シナトラのヒット曲が載っているなんて不思議だが、フォークと言いながらポップスも数多く収蔵していた。この曲は1967年にフランスでヒットしていたクロード・フランソワの『Comme d'habitude（いつものように）』が原曲である。

楽譜集の青い表紙はくすみ、白かった本紙は赤茶け、糊付けが傷んで背表紙から剥がれ、朽ち果てる一歩手前の状態だった。全音楽譜出版から出された１冊で、600曲が載せられ2400円と印刷されていたものの発行日の記載は無かった。ただ600曲のほとんどが1960年代と1970年代前半だったので、恐らく1980年より前に出版されたものだろうと想像している。

次の練習を約束はしていないが、緊急事態宣言発令の中ゆえ、趣味にせよ外食にせよ出掛ける機会は滅多にない。楽器の練習会という名目で、呑兵衛の会合になりそうだ。自分１人だけのギターでの弾き語りに比べ、パーカッションとリズムを合わせて、ギターを弾いて歌を加えるのは数段難しい。きっと老化の進行を遅らせてくれるに違いない。それとも喉を潤す水溶液は老化の加速材となってしまうだろうか。

高校生の頃から何度かギターに挑戦しては挫折してきた。しかし挑戦と言うにはおこがましい。指にタコができるほどの練習をしたことは無かった。隣人との合奏から１日に１時間ばかり練習するようになったら、左の指先が固くなってきて、弦を押さえ易くなった。ギターを弾くには好都合だが、指先の感覚が無くなって調理には不都合だ。何かをすると何かが犠牲となってしまうが、これが最後の挑戦となりそうだ。

陽が陰ってきた。もう30分もすると日没の時間だ。窓から差し込む光で、歌詞とギターのコードが見える間だけでも練習しておこう。それにしてもお気に入りの曲の歌詞は胸にしみる。

12. ギターのピック

隣人との新年会の勢いで、彼のパーカッションと私のギターで合奏しながら歌うという企画が動き出すことになった。これまでは自分だけで楽しむだけだったので、前奏や間奏も省略しテンポも自分の歌に合わせて適当だった。当面の聴衆は身内とはいえ、合奏して人に聴かせるならそうはいかない。

数日して前奏を入れてみようと、３小節ばかりのメロディーを口笛で代用して練習しようとした。するとどうだろう。かすれた音しか出なくなっていた。唇を唾で濡らしてみたり、唇や舌の形を変えたり、色々試してみたが全く笛とはならなかった。これもまた老化の象徴かと愕然とした。最後に口笛を吹いたのは何時だったのだろうか。

その晩に風呂に湯を張って湯船に浸かったとき、どうかと試してみた。すると僅かにピーとそれらしい音がした。ギターよりも口笛の方が難しいことになるなんて想像したことも無かった。左の大腿骨は骨頭壊死症で、壊れたら人工関節に入れ替えということで、走ることやジャンプすることを抑制している。老眼鏡をかけないと小さな文字は読めない。口笛は最初から練習すれば音が出そうなのだから、まだよしとして特訓だ。

１週間後に、隣人は埃が被っていたスネアドラムを見つけ出したと言って見せに来た。曲を通してリズムを維持できるようにと、私がネットで注文したリズムマシンが到着した。メトロノームの電子楽器版のような機械だ。ただ弾き出すところや歌い出すタイミング、間奏の長さをどれくらいにすれば良いかなどはサッパリ分からない。

ギターには色々な奏法があるようだが、簡単なストロークとアルペジオしか対応できない。そもそも弾けそうな曲と言うのが、簡単なコード進行で、簡単な奏法で何とかなるものという理由で選んでいる。しかし同じストロークで弾いても、ピックによってギターの音色がかなり違う。だから色々な形状や厚みの物が用意されている。

試しに購入したピックのセットは、プラスチック製の涙型で、厚みは0.48 mm、0.71 mm、0.98 mm、1.2 mmの４種類が入っていた。１番薄いピックで何とかストロークができたが、ヨーグルト容器の底を切って自分で拵えた方が使い易かった。ストローク奏法の曲の練習を進める前に、自分で曲に合ったピックを作ろうと思った。

あちこちの引き出しの中の容器や食品のパッケージから固さの違う２種類を選び、加工しやすいように平面の部分を鋏で切り出した。選んだ材料は１枚では薄すぎてコシが無いので、両面テープで２枚重ねにしてみた。涙型と正三角形を基本に、市販品より一回りか二回り大きいものを10枚ばかり作った。鋏で切り紙ならぬ切りプラスチックで、数秒あれば基本の形をくり抜くことができる。

それを指に挟みやすいように上の２つの角を落とし、先端に向かう外側の２辺を弧状にしても、形状加工は３分もあれば十分だ。爪切りのヤスリで先端に丸みを付け、バリを取りながら、幾つかのコードを弾いてみた。1枚ごとに違った音色がした。10枚を作り終えてから音色の違いと使い易さを比べてみた。

私の持っているアコースティックギターを、市販の厚めのピックで弾くと響きが長く続かない。速いテンポの曲が弾けないのでスローな曲を選んでいるわけだが、長く続く響きの方が心地よく感じる。手作りの不格好なピックが、下手な奏法を少しなりとも繕ってくれるようだ。

何枚もピックを作る事になるなんて考えもしなかった。「そもそもピックとはどんな意味だろう」、「なぜピックと呼ぶのか」という疑問が湧いてきた。古くから頻繁に使われている言葉の語源まで辿り、興味を追求することは稀である。だが、ピックとかスネアドラムのスネアは英語だろうということから、興味が湧いて調べてみようと思った。ついでにギターも。

スネアはアルファベットでsnareと書き、名詞では鳥や動物を捕らえる輪罠を意味し、動詞では罠で捕らえることを意味する。罠にかけることから誘惑するとか、陥れるとか、手に入れるという意味もあるようだ。もともとは中型の太鼓(トムトムというそうだ)に、音響効果を上げるために張られた響き線のことであった。製作当時は罠用の金属製品を応用していたのかも知れない。

そしてスネアドラムは叩く面をバターサイド、反対側をスネアサイドと呼んでいるようだ。片仮名でバターと書いてあったのを見て、これまた不思議に思ったのだが、batterで野球用語のバッターと同じだった。日本語英語らしいバッターや英語発音に近いバタの方が、食品のバターと混同しないで済む外来語表記であるように感じた。

私が一日没頭したピックの製作の次の方向は、もっとギターの音色が良くなるピック作りに向かうのではなく、ピック（pick）という違和感のある名前の理解だった。名詞でピックを含む用語で知っているのは、氷を砕くアイスピック、爪楊枝の英語のtoothpickのふたつだけだった。動詞のpickは選ぶや採る、拾う、突つくやほじるがあって、動名詞のピッキングなら泥棒の鍵開けを連想してしまう。

英和辞典を引いてみると、選択、選り抜き、鶴嘴（つるはし）に加え、(ギターなどの）ピックと載っていた。動詞でも説明の最後の方に、爪弾くとか指でかき鳴らすという意味もあった。では日本語サイトのウィキペディアはどうかと調べてみたら次のようだった。

『ピック（pick、アメリカ英語）またはプレクトラム（plectrum、イギリス英語）は、ギターなどの撥弦楽器を演奏するための道具。三味線などに用いられる撥（ばち）とは区別される。また琴などに用いられ指先に取り付ける爪およびフィンガーピックと区別するためにフラットピックと呼ばれる場合もある。』

アメリカとイギリスでは表現が違うとの事だったので、英語サイトのWikipediaを見てみたら以下のようだった。

『A plectrum is a small flat tool used to pluck or strum a stringed instrument. For hand-held instruments such as guitars and mandolins, the plectrum is often called a pick and is a separate tool held in the player's hand. In harpsichords, the plectra are attached to the jack mechanism.』

プレクトラムはピックと同義語である事は理解ができた。英語版の説明は予想以上に面白かった。プレクトラムが弦楽器を引く時の"爪"のようなものであることばかりでなく、キーボードのハープシコードにまで言及していたことである。ハープシコードは、弦を爪で弾く楽器だが、その爪はピックとは言わずプレクトラムと呼ぶのである。国による呼び名の違いだ。楽器名も道具も、その部品は国ごとにまちまちだ。

更には A plectrum is . . . に対し the plectra are . . . と単数形と複数形の表現が使われていた。分光とか波長分布のスペクトラムもまた単数形は spectrum で複数形は spectra、細菌のバクテリアは単数形が bacterium で複数形が bacteria と同じ語尾の変化をする。我々日本人は、分光では単数形のスペクトラムを使い、細菌では複数形のバクテリアを使うのだから面白い。

言語の違いによる表現のスペクトラを少しだけ知ることができた。

13. 技術英語

つい先日、ギターのピック（pick）という名前が米国由来であり、英国ではプレクトラム（plectrum）と呼ばれていることを知ったばかりである。我々日本人にとっては英語（English）であるが、文法こそ同じであっても我々の方言と同様に同じ表現を使うとは限らない。大雑把に東北弁とか関西弁とか言うが、青森県内であっても津軽弁と南部弁の話者にとっては相手の言葉が異国の言語に思えるらしい。沖縄語（うちなーぐち）も然りである。

我々の身の回りには数多のアルファベットやその頭字語表現が溢れている。半導体に関連したものも数多くあり、例えばコンピュータやスマホ関連ではMPU（Micro-Processing Unit）、AP（Application Processor）、DRAM（Dynamic Random Access Memory）、CIS（CMOS Image Sensor）、LCD（Liquid Crystal Display）、TFT（Thin Film Transistor）等々、製品性能を左右する基幹部品となっている。

大学卒業以来、主に半導体産業の技術関連の仕事で生計を立ててきた。大学の専攻は応用化学で卒業研究では微生物工学だったので、半導体技術の職について全くの門外漢だったが、半導体の勃興期の頃で専攻学科によらず受け入れられた。技術革新が前提の業界であり、その革新技術の把握だけでも大変だったが、何よりもそこで用いられる業界用語の習得だけでも容易ではなく、今でも新たな用語の理解が必須でである。

半導体（semiconductor）の技術は電子工学（electronics）を基礎としており、その電子工学は主として固体や真空中での電子（electron）の挙動に関する学問である。電子の理解が得られる前の電気工学（electrical engineering）は、現象の観察に基づく I = V/R と著される1826年に発表されたオームの法則（Ohm's law）を原点としているものと想像する。I は電流（current）、V は電圧（voltage）、R は抵抗（resistance）であり、1/R を係数とした I と V の比例関係の発見がオームの功績である。

電子工学という学問はそれ自体の歴史が浅く1910年頃に始まり、同時期に誕生した量子力学（quantum mechanics）と相まって発展してきた。電気工学は電気の担い手を意識せずに発達したので、電流は正（plus）の電荷が高い電位（potential）から低い電圧に向かって流れることにしていた。これに対して電子工学では負（minus）の電荷を持つ電子の動きに注目し、低い電位から高い電位に向かう数や速度も意識している。

半導体産業は、米国のベル研究所において、1947年にバーディーンとブラッテンが発明した点接触型（point contact）トランジスタと1948年にショックレーが発明した２極式接合型（bipolar junction）トランジスタを起源としている。ちなみに、この３人は1956年にノーベル物理学賞を受賞している。そして半導体産業は米国を中心に発展したので、技術の議論はもとより、伝達や取引においても英語での表現が必須となる。

そのトランジスタ（transistor）であるが、言葉として使われ始めたのは1948年からで、“transfer”＋“resistor”からの造語である。固体の２端子（terminal）間の抵抗（電流と言い換えた方が分かり易い）が、その間に設けられた第３の端子の小さな信号によって、出力が大きく変化するという固体素子（solid state device）である。この３端子素子が増幅器（amplifier）やスイッチ（switch）として利用されて来た。

パソコンやスマホに搭載されているMPU、AP、DRAMといった大規模集積回路（LSI：Large Scale Integration or Integrated Circuit）を構成しているトランジスタは、後になって開発された金属酸化膜半導体電解効果型トランジスタ（MOSFET：Metal Oxide Semiconductor Field Effect Transistor）である。動作原理の違いで、微細化（scaling）、低電力化（low power）、高速化（high speed）、高性能化（high performance）、低コスト（low cost）を達成する上でバイポーラ型よりも優れている。

コンピュータ（computer）の頭脳は機能という視点からは中央演算装置（CPU：Central Processing Unit）と呼ばれるが、製造技術の基礎となっている微細電子工学（microelectronics）という視点からはMPUとかマイクロプロセッサ（microprocessor）と呼ばれている。現在の“微細”レベルは、勃興期のマイクロ（100万分の１）オーダーからナノ（10億分の１）オーダーに下がり、ナノテク（nano-technology）と呼ばれるようになったが、呼び名は慣れ親しんだマイクロプロセッサのままとなっている。

昨今の携帯電話器（mobile phone）の主流はスマホ（smart phone）であり、電話器というよりも持ち歩き複合機器である。だから頭の良い気が利いた（smart）電話器である。前世代のものはガラ（Galapagos）携と呼ばれ、単なる通話からインターネット（internet）接続機能を有するまで進化したが、スマホの登場によって生息地が激減した。最初の侵略種は2007年にアップルが送り込んだiPhoneで、性能は掌に載るコンピュータであった。スマホのプロセッサはスマホに特化した機能をできるだけ多く取り込んだ専用品で、AP（Application Processor）と呼ばれている。

パソコンにせよスマホにせよ基幹となる半導体部品は演算装置（processor）と主記憶装置（main memory）と補助記憶装置（storage）である。プロセッサは算術論理演算処理部（ALU：Arithmetic Logic Unit）と超高速で動作するSRAM（Static Random Access Memory）でできた一時保管所（cache）で構成されている。そのプロセッサの動作に必要なプログラムや処理前後のデータを格納しているのが、プロセッサに直結されるメインメモリのDRAM（Dynamic Random Access Memory）である。

補助記憶装置としては、かつて主流だったハードディスクドライブ（HDD：Hard Disk Drive）が、可動部が無い半導体製の固体状ドライブ（Solid State Drive）に置き替えられるようになった。特に掌ほどの大きさで、かつ電池で動くスマホの具現化には、写真や音楽を格納する補助記憶装置の小型化と省電力化が必須であり、NAND（NOT＋AND）型のフラッシュメモリ（flash memory）のコスト低減が大きく寄与している。

以上に述べたCPU、AP、DRAM、NAND flashのいずれもの半導体製品は、MOSFET技術を基礎として作られている。それぞれの目的に応じて構造（architecture）が違っているが、いずれもが構成要素のMOSFETを小さくすることで、単位面積あたりに集積できるトランジスタを増やし、プロセッサの機能や性能を向上させ、メモリの容量を増加させてきた。

これらの最先端のLSIを作る工程は1000以上にも及ぶようになったが、技術革新の度に新しい工程が増え、それに固有の名前が付けられてきた。一つひとつの工程には、それに適合した製造装置や検査装置が用意され、誤差を加味した処方箋（recipe）で処理されている。それゆえ半導体産業従事者は、そこで英語表現される素子の構造（structure）や材料（material）、製造における工程（process）の名前や手法（method）に慣れて覚えなければならないというわけだ。

最先端の半導体技術は、製品によって異なるが、1枚1万円から1万5千円で購入した直径300 mm、厚み770 µmの、表面を研磨（polish）したシリコンウエハー（silicon wafer）に何百もの加工を施し、50万円から150万円の価値を有するものに変容させる錬金術のようなものだ。

それらの工程の一部を紹介すれば、熱処理炉（furnace）に入れ酸素雰囲気（oxygen ambient）で、シリコンの表面を酸化（oxidization）しゲート酸化物（gate oxide）を形成し、続いて電極となるチタン（Ti：Titanium）を化学気相堆積（CVD：Chemical Vapor Deposition）で形成する。前後を含めて、このような工程が何百と続いている。

大抵の半導体用語は名詞か動名詞、形容詞が殆どで、動詞はそれらの基体部分から慣れ親しむこととなる。例えば堆積という名詞depositionからdepositという動詞を知り、反応性という形容詞reactiveから反応という名詞reactionや動詞reactを知って、英語の語彙が増えていくわけである。だからと言って、読み書きができるようになったものの、会話が上達するわけではなかった。

ただ別の面白さにも時々出会った。例えば半導体製品1個は小片なのでチップ（chip）と呼ばれている。今でもLEDはそうなのだが、集積回路が発明される前から個別素子のダイオード（diode）が作られていて、それらは0.3 mm角ほどの大きさで、ウエハーから切り出されるとサイコロのような形状になるのでダイ（die or dice）と呼ばれていた。よってこの切り出す工程はさいの目に刻むのでダイシング（dicing）で、切り出し用の機械はダイサー（dicer）である。だからチップの切り出し工程はdicingであって、決してチッピング（chipping）とは呼ばない。チッピングはウエハーやチップのエッジが欠けることを意味する全く別の用語である。

面白いもう一つの事例は、誰でも知っている皿の英語のplateとdishである。かつてはplateが浅皿、dishが深皿だと思い込んでいた。調べてみるとplateは金や銀の金属平板に由来しているので、特に金属製の皿の場合は dish ではなく plate と言うようである。これに対し dish は円盤（ラテン語の discus で英語の disc に相当）なので平たい丸皿が出発点のようで、やがて一皿の盛り付けとか料理という意味が加わっていった。別の分野では凹型の放物曲面のパラボラアンテナ（parabolic antenna）がその形状からディッシュアンテナとも呼ばれているようである。

もともと金属平板から出発した plate の動詞は“メッキする”とか“装甲する”とか金属での加工を意味する用語となっている。そして語尾に ing を付けた名詞として、100年ほど前から金属コーティング（coating）の専用用語として利用されている。

一方の dish の動詞は利用頻度が少ない。それなのに半導体の加工状の中では“dishing”と命名された問題がある。化学機械研磨（CMP：chemical mechanical polishing）という手法で凹凸を平坦化している。漆器の象嵌（damascene）や虫歯の詰め物（inlay）のようなものである。絶縁膜の中に金属配線を埋め込む、あるいは金属配線の間に絶縁膜を埋め込むときに、CMP を使って表面を平らにするのだが、適切な条件を選ばないと、金属あるいは絶縁膜の中央部の表面がへこんでしまう。このへこみ状態を dishing と呼んでいる。これが plate と dish の本質的な違いなのだと納得しつつ、深皿という思い込みの記憶が蘇った。

最後にもう一つ視点の違いを感じた微妙な名詞表現があり、それは“oxidization”と“oxidation”だ。どちらも日本語に訳せば“酸化”で、酸素と結びつけるという意味である。“oxidization”は動詞の“oxidize”に由来し、“oxidation”は“oxidate”に由来する。前者は200年以上前から使われているが、後者は半導体産業の造語だ。MOSFETではそこで利用するシリコンを酸化して作るシリコン酸化物（silicon oxide）の信頼性の制御が重要だった。酸化物を形成させるのだからoxidationとなったわけだ。半導体産業を除いて、酸化はoxidizationが一般的だ。

　このような半導体用語に接しているうちに、英語表現の面白さを知り、その延長で日本語や漢字の表現にも興味を持つようになった。これで生計を立てることはできないが、老後には経費をかけずに楽しめる趣味のひとつとなりそうだ。

14. 日影と日陰

昨年の暮れ近くになって、人生で初めて月光でできた自分の影を見て驚き、それを月影と記していた。月影だと思い込んでいたのだが、後になって月影が moonlight と知って訂正した。私が見たのは月光による自身の人影であり、月影は仰いだのだった。当然のように星影は starlight であった。影を含めて日本の言葉の理解はなかなか難しい。

確認までに国語辞典で月影と引いてみると、“月の形。月の姿。月。月の光。月のあかり。月光。月光に照らされて映る人や物の姿。”と出ていた。星影の方は単純で、“星の光。星あかり。”だった。そして日影は“太陽の光。日ざし。昼間の時間。日あし。”だった。ならばつい過日に違いが分かった陰が思い浮かんだ。日陰の方は、“物の陰になって日光の当たらない所。⇔日向（ひなた）。表立って活動することのできない地位や境遇。また、世に埋もれていること。”と出ていた。成る程と思った。

しかし日影の和英はちょっとやっかいだった。『日陰とも書く』との前置きがあって、“shade, shadow, sunshine, sunlight”と英訳されていた。日影と日陰が同一だと書かれた段階で、それはおかしいという事に気付けるようになっていた。同じオンラインサイトであっても、国語辞典と和英辞典では編集した人の技量が違っていたようだ。言葉は時代や人によって意味や使い方が変わるものだ。たとえ本来の意味とは違ってしまっても、多数派の使い方が主流となるのが言葉の進化というものだろう。

ならば違うオンライン辞書ではどうかと調べてみると、“(日光) sunshine, light” と紛らわしさが一切なかった。ちなみに月陰と星陰は語彙として登録が無く、日影に対する日陰のようには使われていない事が分かった。夜の暗がりの中で、月陰と星陰の更なる暗さを云々しても意味がない。

影と陰は光の効果の違いを示し、影においては影ではなく光源そのものも表すのだから日本語は難しい。影は景色の［景］に美しいという意味の［彡（三旁)］が添えられているのだから、shadow の方が新しい意味なのかも知れない。このような想像をするようになった自身の変化に驚いた。

陰影からの連想で、朋友の朋と友の違いも調べてみた。和英辞典では friend である。国語辞典によれば “「朋」は同門の友、「友」は同志の友。ともだち。友人。” との説明がなされていた。「朋」も「友」も friend のことであるが、古くは同門か同志かという違いがあったようだ。だから合体した朋友と言えば全ての友ということだろうか。

また同朋とか同友という言葉もあって、同友は志が同一であるが、同朋は同門で志も同じという、更に限定が加わっているようだ。ならば固い約束で結ばれた盟友の意味はと言えば、同志限定の同友と同じようだ。同盟の意味がよく分かった。だが対応する盟朋という言葉は存在しなかった。結局のところ、朋の方が友よりも関わりが深い場合を指すようだ。

ならば朋友という熟語の開発元の中国では、どのように使われているのかと気になり、例によって便利なオンライン中日辞典の幾つかを引いてみた。朋友は、“友人、友達。(味方としての) 友。(恋愛の対象としての) 友達。”だったり、“仲間。共同の目的を持ち結合した集団。”あるいは、“同人。同じ趣味や志をもつ人。”であった。当たり前のような訳ばかりでつまらない結果だった。

何か面白いことはないかと、グーグル検索で“中国 _ 朋友”と入力すると、《中国語スクリプトサイト》というサイトの、“朋友”【中国語で友人を意味するこの言葉と、中国人の友人意識】という論説がヒットした。

それは次のような前書きで、幾つかの切り口で意見が述べられていた。

> 中国語の“朋友”(péngyou) は、日本語では「友達・友人」、辞書的には同じ意味ですが中身はだいぶ異なります。この中身の違いはそれぞれの社会の成り立ちや文化と関わっているのですが、辞書で同じだから実態も同じだと思うと多くの誤解を生みます。ここではそれぞれの意味するところを実例を交えて紹介します。

そこに述べられているエッセンスは、『中国人の“朋友”関係ならばお金の相談、貸し借りは当然』、『中国の“朋友”とは「困った時に助け合う」関係』、『“朋友”がいるかどうかは文字通り死活問題』である。

友達には金銭面を含めて迷惑をかけたくないと思う日本人

の態度が、中国人にとっては冷酷な関係だと映るらしい。直接の関係を持ったことのない日中の人々にとって、根本から異なった価値観を持つ相手を友人とすることは困難なようだ。残念ながら私自身も、貸し借りが当然と言う中国人と朋友同士になることは難しそうだ。

日本では基幹語を“友”として、頭に朋、新、親、悪、盟などを付けて各種の友達関係を表現している。これに対して中国では朋友を基幹語として、好朋友（親友)、老朋友（旧友)、女朋友（女友達）のように表現する場合が多いようだ。とは言うものの、悪友の場合は、恶（è）友や坏（huài）朋友という言葉から狐朋狗（犬）友という表現まであって複雑だ。

“朋”と“友”では意味の違いに興味を持ったが、“新”と“親”では“シン”という発音に興味が湧いた。新も親も左側が同じなので、きっと“立＋木”の偏がシンと読むのだろうと想像した。しかし“立＋木”という偏を見つけられなかった。そこでオンラインの漢和辞典で調べてみると、何と新の部首は右側の“斤”で“おのづくり”だった。親の方の部首も“見”だった。斤の音読みはキンで、見の音読みはケンだ。

斤が含まれる漢字には析（セキ）、祈（キ）、斬（ザン）、所（ショ）、断（ダン）などがありキンとは読まない。斤が入ってキンと読むのは芹と近と欣だった。見が入ってケンと読まない漢字には覚（カク）、規（キ）、視（シ）、覘（テン）などがあり、ケンと呼ぶ漢字には俔、悓、娊、挸、涀、峴、垷と沢山あった。偏は簡単だが見慣れない漢字ばかりで、使ったことがあるのは硯という1字だけだった。これらの漢字は左側が部首で、硯の場合は石偏で見が音符だ。親は見という旁の部類に属し、硯は石偏の部類に属していた。何とも込み入った分類だが突然変異種は付き物だ。

新と親の左側の木の上にあるのは“立”ではなく“辛”の省略文字で、鋭い刃物か入れ墨をする針の象形文字だという。この“立”が“辛”で“シン”と発音するので、新も親もシンと読むのだという。これまた蘊蓄としては面白い。だが大方の人にとっては知る価値の無い事だろう。

下に置かれた“木”は印が付いた木ということになる。刃物や斤で木を切ると、切った時の木やその切り口は新しく、切った木の長さを揃えて束にすると薪になるのだ。また特別に選んだ木を切って位牌を作り、仰ぎ見る位牌になってしまったのが親ということのようだ。実際、父についても母についても、新しい位牌に変わってしまった時は辛かった。

過去の出会いで意気投合した新友は時を経て旧友となった。私の場合、年に1回以上会うような旧友は悪友だ。中には急ぐ必要も無いのに、先に草葉の陰に行ってしまった旧友や悪友がいる。逝ってしまってからは親友と呼ぶことにしよう。位牌になる前に、悪友たちとできるだけ長い交遊が続けられることを願っている。

15. １年の経過

温暖だった昨年とは打って変わって、2021年の１月は年明けから大寒の20日まで寒い日が続いた。中旬となって小雨の日が２日ばかりあったが、乾燥して冷えて殆どの朝は屋根も地面も霜に覆われ、外の水道の蛇口は昼頃まで凍り付いていた。それでも日々部屋の中に差し込む陽光が強まって、昼の数時間は暖房を切っても十分な程に季節は動いた。

大寒が過ぎた週末の23日になって雨らしい雨が降り出し翌日まで続いた。気温は１日中１桁台でエアコンがフル稼働となったが、その外気温と湿りは野菜や雑草にとっては恵みの方が勝っていたようだ。砂塵が舞っていた黄土色の地表はしっとりとした焦げ茶色に変わり、色が濃くなった小松菜や法蓮草の緑色がよりくっきりと目立っていた。外気は冷たいが、春の到来の準備が進んでいることを感じることができた。

昨年の今頃は新型コロナウイルス（COVID-19）の感染の報道が始まっていたものの、罹患の恐怖が無いままに、懐かしい大学の同級生たちとの再会を実行した。１月30日に私の菜園付きの隠居小屋に集合し、３泊４日で千葉県の北東部の名所旧跡を巡った。倉敷、鴻巣、水戸からの旧友たちで、４人が一緒に顔を揃えたのは大学卒業以来初めてだった。42年余りの年月が別々に過ぎていた。そしてその再会から一年が過ぎていった。

再会を約束したが、COVID-19に感染して医療のひっ迫の加速者とならないよう、その余裕が見えるまでは老人たちの移動はお預けだ。これまでの1年の間に旧友たちはどのように過ごし、どのように衰えたのかが気になる。己の肉体の劣化は着実だが、昨年の合宿の効果で随筆を記すようになり、自粛の日々をこれ好都合として文筆を楽しんでいる。

昨年は特別な暖かさによって早めに梅の花を見られたと思っていたが、今年の寒さの中でも成人の日あたりから通勤途上の沿道で開花を確認するようになっていた。通勤路に見る種類の梅は、どうも気温より日照の長さを重視して咲き始めているようだ。

旧友たちとはそれぞれが従事した産業分野が異なっていたので、仕事がらみの交流が生まれなかった。だから大学を卒業してからは、何年に一度か、たまの懇親会で顔を合わせる程度だった。それでも意気投合していた学友たちだったので、毎年の年賀状だけは欠かさなかった。

我々4人は応用化学科を専攻したクラスメートだった。大学を卒業してから、鴻巣の友人は食品向けのプラスチック容器製造の技術開発、水戸の友人は金型設計・携帯電話向けカメラモジュール製造技術、倉敷の友人はパン製造販売の店舗拡大の後に化学薬品工場の維持管理に従事した。私は半導体の道を歩いた。

鴻巣の友人は必修科目だった化学実験の相棒、水戸の友人は同じ同好会（公害研究会）に所属して親交が深まった。倉敷の友人とは直接の親交は薄かったが、先の2人や、大学のキャンパスがあった川越を地元とするもう一人の友人を通しての交友で、同じ時間を過ごす機会が多々あった。だから昨年の４人集まっての合宿以降は、川越の友人を含め５人でのメールでの交信が始まった。

梅の花を見る度にふたつの記憶が蘇ってくる。卒業から数年して車に母を乗せて郡山から水戸に行き、梅の偕楽園を水戸の友人に案内してもらった。母は大いに喜んでくれた。もう40年以上も前のことになる。それから１～２年して、デートで郡山から埼玉にドライブした。川越の友人宅に寄り一緒に越生の梅林に行った。手前の杉林で突然クシャミが連発して花粉症が発症した。鼻水が止まらず、梅の花を見た記憶が残っていない。昨年の合宿では、私の隠居小屋から車で10分程のところにある千葉県立房総のむらと、そこに隣接する坂田ヶ池総合公園を案内した。房総のむらは龍角寺古墳群・岩屋古墳、考古学博物館、旧学習院初等科正堂などの国の史跡・重要文化財が保存されている。坂田ヶ池公園は17ヘクタール余りの広さで、３分の１弱を占める池は水生植物園で野鳥が飛来し、遊歩道沿いの一角が梅林や花壇となっている。

巨大な岩屋古墳と背景の青空を見上げ、水面をグループごとに連ねて泳ぐ鴨のアーティスティックスイミングを眺め、咲き始めた梅の枝の下で記念写真を撮った。自転車でも直ぐに行ける所だが、この季節のこの時期に一人で出掛けるのをためらっていた。ぜひまた川越の友人を加えて、陽だまりを散策して若い頃の記憶を蘇らせたいものである。

４人の集合は、３月末で定年を迎えるという倉敷の友人に対して、長く勤務した会社員としての修学旅行と銘打って企画したものだった。４月からは化学プラントの設備工事会社に移って、安全管理関連の仕事に挑戦するので、労働安全衛生法の勉強をし始めたと言っていた。資格試験には合格したのだろうか。

水戸の友人は工業高校に再入学したと言っていた。大学の卒業者が、孫のような歳のクラスメートの中で、自分より若い先生の授業を受けている姿は想像し難い。アルバイトと通学を半々にすると言っていたが、老体は対応できたのだろうか。もう３学期となったが、ちゃんと単位を取得して２年生になれるのだろうか。

鴻巣の友人は趣味の写真を撮るため、大きなレンズを付けたカメラを持ち歩いていることだろう。自転車も趣味のひとつと言っていたが、細いタイヤが歪みそうな体形となっていた。犬と散歩はするようだが、それだけで減量が達成できるか心配だ。

川越の友人は古物商として無線機を扱い、都内で無線工学と電波法・モールス通信の嘱託講師をしていると言っていた。公務員卒業後の余暇を、趣味を兼ねて収入の糧にまで高めたのだからたいしたものだ。地方から出てきた皆にとって、川越にあった彼の自宅はレスキューセンターだった。御両親のお陰で栄養失調にならずに済んだ。今度は私が支援する番で、隠居小屋を千葉の無料老人宿として恩返しをしたい。

この1年で私自身の時間の仕事の負荷はかなり減った。自営業として3社から業務を請け負っていたが、京都にある1社は昨年の末で契約が終了した。またCOVID-19の影響で働き方も大きく変わった。東京にある1社とは一度もオフィスに伺うことなく、社外での面談とメール交信だけで1年が過ぎた。週に3日間オフィスに出社していた千葉県内の会社は、半分余りの仕事をテレワークで行うようになった。

隠居小屋は事業所という名目で2018年に建設したものだった。実際のところ委託先に提出する資料作成に利用していた時間は僅かで、むしろ菜園での耕作や収穫作業に費やす時間の方が長かった。しかし予想しなかったCOVID-19の感染の対応によって、本来の事業所として利用することに多いに役立った。

また契約終了による仕事量減少と、少ない冬季の間の菜園作業で時間を持て余すのかと思ったが、そうはならなかった。なぜならこのような随想を書くことと、そのために必要な資料を読むことで、足早に毎日が過ぎるようになったからだ。昨年の今頃に何となく書いた、友人たちとの合宿記がきっかけとなって文筆の面白さを知り、随想録を書き続けている。

昨年の1年間で記した19編の随想は自費出版することになり、現在は出版社で校正作業が行われている。次の随想録では身近な体験で感じた不思議を書き記そうとしている。1編が4000字程度の短篇の随筆だ。感じた不思議の理由の調査は、手持ちの書籍やインターネットで調べるに過ぎず、1

編はその結果を述べるに過ぎない。とはいえ、なかなか面白い作業で、時間を忘れて没頭してしまう。知見の狭さが随筆の原動力となっている。

昨年の11月下旬から書き始めたこの随想録では、既に14編を書き終え、これが15編目である。冬季は菜園の作業が殆ど無いので、これまでは2週に3編のペースで書いてきたが、立春が間近であり菜園の作業が増えれば文筆のペースは落ちるだろう。だが外に出る機会が増えれば、作業の中で新たな不思議を次々と見付けてしまうに違いない。答え探しの時間をどのように工面するかが、これからの新たな課題となりそうだ。

一方でCOVID-19の蔓延がどのように終息できるのか、あるいは感染の増減が繰り返されるのかも、大いに気になっている。終息に向かえば、しばらく滞っていた近郊に住む“悪友”たちとの交遊が再開する。美術展の観賞や博物展の見学、その後の懇親の宴、口合戦しながらのゴルフ、名所旧跡巡りと、より一層に巣籠もりの反動がありそうだ。悪友との交遊は己の文筆活動よりも、遥かに優先度が高い。

自分自身はCOVID-19によって不思議への感度が高まり、不思議の理由を調査する面白さを知った。また予てより我が国の情報通信利用の遅れを懸念していたが、この情報通信分野においてハードもソフトも後進国になっていることが、広く国民にも知る好機となって幸いだった。

COVID-19の問題が無ければ、我が国では情報通信を利用したリモートワークもオンライン授業も進まなかったであろう。それらの手法が絶対的に良いとは思っていない。けれどもそれらを利用することに価値を見出そうとしなかった反対勢力に、反撃の実力行使の機会を得て幸いだったと、COVID-19が貢献した一面も窺い知る事ができた。

よく言われるように、海で囲まれた日本は多民族の交流や交雑が少なかったため、情緒や忖度による同意形成を重んじてきたので、言葉でも文字でも、論理的で簡潔な表現が苦手なようだ。どうしても相手に拒絶されたときの不安が勝り、結果として論理的で簡潔な伝達が下手な民族となっている。伝達に必要なバイト量を下げ速度を上げようとする情報技術は、それを取り入れたくない反対勢力の価値観の対極にある。

このような事を述べている自分自身は、論理性を重んじていながらも、情報技術の活用は仕事の一部だけに留まり、個人としては未だSNSさえ利用していない。他人の利用に関してまで干渉はしないが、そこに時間を費やす事に価値を見出せないでいる。重要な件は電話かメールでの１～２回の遣り取りで十分だと思っている。大学を卒業以来、情報技術の発展を推進する仕事をしてきたことで、むしろ情緒や対面交流を求める傾向が強くなったようだ。

昨年の大学の級友の来訪から１年が過ぎる中で、人生を振り返っての記憶を整理して文字として残してきた。そして昨年の11月の下旬からは、目に映った景色や伝わった情報で感じた不思議について書き記している。増減を繰り返し、より深刻度が増したCOVID-19の感染禍が続く中にあって、旧友や悪友たちからは幾つもの思いもよらない刺激を貰った。それらの刺激によって、こうして充実した余暇を過ごすことができている。

振り返ってみると、この1年はこれまでの人生の中で一番面白い1年だった。明日は2月1日、今年の12カ月の中の1カ月が過ぎていくところだ。1年前にここで合宿した大学の級友たちと、学生時代にレスキューセンターとして自宅を提供してくれた川越の級友に、この一編を添付して近況の報告がてらメールをしよう。

16. 寒起こしと土作り

立春が過ぎて朝の冷え込みが緩み、庭に降りる霜が減ってきたようだ。年末から１月の間は菜園の畝間は乾いて黄土色をしていたが、今は薄っすらと苔に覆われて緑がかっている。雑草だけは寒暑にかかわらず年中逞しく生育し、大根やブロッコリーの株間を埋め尽くしている。

秋野菜を採り終えた畝や、１月中旬までに採りつくした大根や白菜の畝を掘り起こしておいた。いわゆる寒起こしである。スコップで30 cm ほど土を粗く掘り起こしておくと、冷気に曝されるので病害虫が死滅する。同時に零下の寒さで土の中の水分が凍って膨張し、日中の暖かさで表面が解凍し乾燥すると、その部分が破壊して剝がれ落ちる。これが寒い間繰り返されて、固まっていた土がサラサラになる。

ただサラサラになっただけの土は粉になったようなもので、水が加わった時の“排水性”や“保水性”、“通気性”が不十分で、野菜にとって好ましい土とは言えない。そこに微生物の餌となる堆肥、腐葉土などの有機物を投入して、微生物の排泄物や粘液を利用して粉を結び付けて、微細な団子を形成して団粒の土にする。

そのイメージの違いは２種類のインスタントコーヒーを思い浮かべて欲しい。寒起こしでできたサラサラなだけの土は、噴霧乾燥法で作った粉コーヒーのようである。一方の団粒状の土はフカフカしていて、フリーズドライ製法で作った顆粒コーヒーのようである。その顆粒の一粒は隙間だらけで、潰して粉にすると嵩が減少する。

団粒化と併せて、微生物の食欲増進と野菜の育成に必要な窒素（N)、リン（P)、カリウム（K）を含む化成肥料を投入する。更に野菜が育ちやすいとされている酸性度（pH）の土壌にするためアルカリ資材の石灰で調整する。雨は酸性なので土壌が酸性になり、その雨は石灰分を押し流してしまう。

作物の生育に適した好適土壌酸度（pH 値）は、ほとんどが７未満で5.5程度までの弱酸性領域内にある。酸性が強くなりすぎると作物の根が傷むとともにリン酸を吸収しにくくなり、アルカリ性に傾くと、マグネシウムや鉄などのミネラルの吸収が妨げられてしまい、育ちが悪くなるし病気も出易くなる。

1942年の学校教育法発布以来、全国民が中学校で英語（実際は米語）を習うようになったが、それ以前に普及した外国語表現が連綿と使い続けられている。カルテ（独)、ズボン（仏)、パン（西)、ピンセット（蘭)、ウオッカ（露）などは、英語で何という？　こんな問題にピッタリの外来語である。では pH は？　答えはピーエイチである。それなのにドイツ語の発音のペーハーが今でも健在である。

pH は水素イオン濃度指数のことで酸性・アルカリ性の強さを表す物理量だが、その定義や計算法は化学の知識が無いと理解は難しい。ただ誰もが抱く疑問は pH という表記の p は何故小文字で H は大文字なのだろうか、という不思議であろう。日本語では水素イオン濃度指数のことであり、英語なら potential（あるいは power）of hydrogen で、hydrogen（水素）の元素記号がHだからという頭字語でpHかと納得する。

ペーハーがドイツ語由来とすれば、イオン濃度指数に対応する用語がpから始まり、水素に対応する用語がhから始まれば話は簡単だ。だが対応するドイツ語は、Wasserstoffionenexponent という1語だった。定かではないが、Wasserstoff-ionen-exponent から成り立っていて、Wasserstoff が水素、ionen がイオン、exponent が指数かと想像する。

そうであれば eW であって pH ではなくなってしまう。デンマークの生化学者セーレン・セーレンセンが提案した指標とあったので、Wikipedia で詳しく調べてみた。すると先生が1902年に発表した、“Enzymstudien. II. Mitteilung. Über die Messung und die Bedeutung der Wasserstoffionenkoncentration bei enzymatischen Prozessen”という論文の中で pH という記号を用いていたことが分かった。

その pH という記号がドイツを経由し、ペーハーという発音で日本に輸入され、日本に帰化して100年以上も使われ続けてきたのである。あまりにも馴染んだ言葉となってしまい、今更英語の発音に替えるのは難しそうだ。カルテ、ズボン、パン、ピンセット、ウオッカといった言葉だって、既に日本語として定着してしまっており、チャート（chart）、トラウザーズ（trousers）、ブレッド（bread）、ツィザーズ（tweezers）、ヴォドカ（vodoka）への移行は進みにくいだろう。

好適土壌酸度で横道にそれてしまったが、いくら理想的な土壌に近づけたとしても、そこに作物を植え、水を与えた瞬間から土壌の変化が始まる。水によって水溶性の物質は水と共に移動し、場所を替えて停止する。作物は土壌中のミネラル分を吸い上げれば、その金属イオンの総量に相当する水素イオンを排出して、土壌を酸性に傾けるだろう。病害虫に襲われれば、致命的な場合も少なくない。

土壌に対しても、病害虫に対しても経験による対処法を知って安定的な収穫が見込めるようになる。それだって豪雨や強風に対しては対応の術がない。野菜作りにかけられる費用は、収益が見込める範囲内である。もともと趣味の菜園では1本のキュウリ、1個のキャベツを収穫するためには、農家に比べ何倍もの労力と経費が必要となる。土壌管理や病害虫対策に、時間を使いすぎては楽しみの域を外れてしまう。

時間を見付けてホームセンターで牛糞と苦土石灰と化成肥料を買ってこよう。かつて借りていた農園の面積は200㎡で、毎年2トンの牛糞を投入していた。ダンプカーで運んできてもらって6000円だった。10kgあたり30円という計算になる。隠居小屋に併設した菜園の面積は、およそ150㎡ばかりある。借りていた農園は粘土質だったが、現在の菜園は貝殻が交じる砂質で、作物の相性が違っても不思議は無い。

ホームセンターで袋入りの牛糞を買うと、10kgのものが400〜500円ほどする。450円とすると、かつての15倍のコストとなる。また牛糞の運搬では自分の車で月に1回、5袋を

10カ月間に分けて運んだとしても、合計では500kgにしかならない。倍の労力をかけても年間で1000kg（1トン）に過ぎない。この程度ではフカフカの土壌を作るのは難しそうだ。土への負荷を下げるとか、有機物をあまり必要としない作物の選択で対応する必要がありそうだ。

この菜園で今季が3度目の冬野菜の挑戦となり、白菜と大根、ブロッコリーは連続して前年並みの収穫が得られた。しかし法蓮草だけは惨憺たる結果で、食卓に上るまでの大きさに育たなかった。それも隣り合わせではない2畝で、先に作っていた夏野菜の種類も耕運の時期も違っていたが、両方ともにダメだった。老夫婦が耕作している隣接の畑では、今年も法蓮草が寒さに耐えて大きく育っている。やはり堆肥の投入不足が原因だったのかと想像している。春の種蒔きに向けて準備開始だ。

その前に3月に種を蒔く小松菜やカブのための施肥と畝立てをしなければならない。それが済んだらジャガイモの植え付け、人参の種蒔き、その後にはトマトやナス、キュウリなどの夏野菜の苗の植え付けが待っている。耕作のシーズンの再開だ。だが同時にもう一つの厄介事もやってきた。クシャミと鼻水が止まらない。スギ花粉のシーズンも到来した。

17. スギ花粉

梅の花を見掛けた頃から鼻がムズムズして、大きなクシャミが出たり、目に痒みを感じたりすることが何度かあった。水洟も出たが１～２回鼻をかめば済んでいた。ところが１月31日の日曜日になって、暖かな部屋から少し冷えていたトイレに入った途端に、大きなクシャミが連発し、啜っても垂れ落ちる水洟の流出が始まった。そして午前中だけで箱に半分余り残っていたティッシュを使いきってしまった。

早速翌日の月曜日に行きつけの医院で、毎年恒例の花粉症での鼻炎を抑える点鼻薬を出してもらった。昨年に比べ受け取る時期が１週間ばかり早かった。点鼻薬と、その夜になって降った大雨のお陰か、２月２日はクシャミや鼻水に悩まされることなく平穏に１日を送る事ができた。朝には大雨が弱まり、やがて収まった。昼前には天気が回復して陽が差し、午後には暖か過ぎるほどの空気に入れ替わったが、この日だけは花粉の攻撃を感じなかった。

次の朝は何よりも花粉からの防御態勢準備が優先だと、まずは鼻孔に点鼻薬を噴霧した。歯磨きと洗顔の後にマスクを付け帽子を被り、ジャンパーを着て雨戸を開けるために外に出た。一晩で前日の暖気が冷気に入れ替わっていて、立春なのに野菜や雑草は霜を被り、露出した土の畝間は霜柱の白い絨毯に変わっていた。

これなら今日も大丈夫だろうと思ったが、その考えは甘かった。玄関に戻り帽子を取り、ジャンパーを脱いでマスクを取ったら、鼻がムズムズしてきた。既に敵は鼻腔内へ侵入していた。大きなクシャミが連発し水洟が垂れてきた。10分以上に亘って何度も何度も鼻をかんで、屑入れはティッシュで満杯となった。15分が過ぎて漸く落ち着いた。

居住地の印旛郡栄町では電柱より高くなった杉の林があちこちにある。利根川に隣接した土地で、低地は住宅と田畑、丘陵地は杉林といった環境で、かつては農業と林業の町だった面影が残っている。天気予報ではスギ花粉の飛散開始は2月中旬からとの報道がなされたが、当地では先月中旬から南面の杉の木の頭頂に近い部分は蜜柑色をしていた。昨年に比べ今年の私の老体は、スギ花粉への感受性だけは高まっていたようだ。

スギ花粉症との付き合いはおよそ40年に及ぶ。埼玉県の入間郡にある越生梅林に向かう途中の、杉林の中を走る車の中でクシャミの連発が突然に始まったのが最初の発症である。結婚をする少し前のデートで、住んでいた福島県の郡山から川越に向かい、そこに自宅のある大学時代の友人を拾って、越生の梅林に向かう途中の出来事だった。

クシャミの連発が始まるとその友人は「花粉症だ」と叫んだ。1980年頃までは花粉症の報道は滅多に無く、周知の国民病にはなっていなかった。大学を卒業して最初の就職先も川越の近くだったが、25歳を過ぎてから、両親の暮らす福島県の郡山にUターンしていた。そしてそれまで自分の知り合いで花粉症を発症した人は皆無だった。

杉の花粉をまき散らす本体は雄花だが、地元では“杉の実”と呼んでいた。小学生の頃はその杉の実を採って“杉の実鉄砲”で遊んでいた。紙鉄砲のミニチュア版のようなものである。細い篠を取ってきて、杉の実が漸く通り抜けるくらいの内径の部分を選び、15 cm程に節の間を切り出して外筒とする。別に節を付けた2～3 cmを押し子にして、空洞に竹ひごを差し込んで杉の実の押し棒とする。押し子から飛び出た竹ひごを、外筒より杉の実の長径より少し短く切って調整すれば、杉の実鉄砲の完成だ。

1個目の杉の実を外筒の手元に詰め、押し棒で押し込むと外筒の先端に格納され待機状態となる。2個目の杉の実を詰めて、押し込むと外筒の先端の実と後方の実の間の空気が圧縮し、圧力に耐えきれなくなった時に先端の実が飛び出すという仕掛けだ。紙鉄砲がライフルなら、杉の実鉄砲はピストルのようだ。射的のテーブル版のようにして遊んだものだった。数十センチ先に標的を立て、そこへ命中させるのだった。

杉の実鉄砲も紙鉄砲もそれらの名前や遊びすら絶滅寸前になっているのかも知れない。水鉄砲でさえ、竹で作った注射器方式ではなく、水圧方式を用いてのプラスチック製が主流となって、名前も「ウォーターガン」に変わっている。これらの鉄砲の中でも、杉の実鉄砲は絶滅危惧遊具のトップかも知れない。

家族の中では両親も兄や姉も花粉症の発症は無かった。両親は花粉症に無縁のままに物故者となった。兄も姉も未だ花粉症未体験者だ。兄弟の中で私だけがスギ花粉症発症者となったが、桧木や稲、ブタクサなどに対してのアレルギー反応は生じていない。ただ温度変化や埃に反応してクシャミを連発することがある。杉の花粉の季節でなくても起きるが、目が痒くならないのが特徴だ。

発症してからの30代と40代の約20年もの間は、２月から４月の３カ月間が憂鬱でならなかった。クシャミに鼻汁あるいは鼻詰まり、目の痒みに喉のイガイガと咳も加わることがあって、日に当たりながら戸外で過ごすのが好きなのに、冬の先に待っていたのは黄金週間だった。当時は内服薬を処方して貰っていたが、眠気に襲われたり注意力が落ちたりと、副作用もあったので、外出には特に注意が必要だった。

その頃から千葉県に居住する事になり、30代は館山に、40代以降は印旛の地に住んだのだが、スギ花粉が飛散している季節には、出勤前の車のフロントガラスに黄色みを帯びた花粉が付着する。郡山では見たことがなかったスギ花粉の付着量で、千葉県での飛散量の多さを実感してきた。

スギの花粉は年によって飛散量の増減はあるものの、50代になった頃からか、スギ花粉へのアレルギー反応の方は軽微化されたように感じている。花粉の特性が変わったのか、年をとって受容体の働きが悪くなったのかは分からないが、マスクだけで済んでしまった年もあった。

昨年も比較的軽く済んでしまった。それだけに、今年は一歩早めの発症と大量の鼻水流出はショックだった。立春を迎えて心の準備万全で、寒起こしを行った畝への施肥と耕運を計画していたのに、突然の「待った」が掛かってしまった。風の無い穏やかな日を選び、マスク、ゴーグル、帽子を装着し、滑りの良い防御服を着て作業するしかない。

昨年来の新型コロナウイルスの感染で発現する症状が、従来のインフルエンザとの判別が難しいことが幾度となく報道されてきた。１年が過ぎて、今度はスギ花粉症との判別の違いの報道が加わるようになった。自身は既に、発熱を伴わず、目が痒く、気管ではなく喉の浅い所のイガイガで咳が出る事を違いの目安としている。ウイルス感染と花粉症防止は、マスクと手洗いは同じ手法だが、換気の効能だけは反対になる。現在は隠居小屋での一人での生活だから、花粉対策を優先している。

冬季間は出勤前の車のフロントガラスの窓霜落としに時間がかかったが、長めのアイドリングで温風を送れば良かった。スギの花粉はウォッシャー液を吹きかけてワイパーを動かせば視界は良好になるが、車体全体にこびり付いて蓄積していく。もう２カ月ばかりは洗車をせずに、花粉吸着器として働いてもらう事にしよう。

スギ花粉症は戦後の過剰植林による人災であり公害とされているが、不思議に腹が立つことは無い。地震や台風のような自然災害のように受け入れている。もう３カ月ばかりは隠居小屋の中で微睡みながら、スギ花粉の季節を見送ることとしよう。

18. 日照時間

毎年の初冬の感覚なのだが、落葉樹の葉が僅かに残る12月に入った頃の日没の時刻が一番早く、冬至の頃には日が延びているような気がしていた。寒さは別として、暦が変わって新年を迎えると夕暮れは着実に遅くなる。けれども日の出の時刻については、立春を迎えた頃にならないと、早まったことを実感できないでいた。

そんな感覚で2021年２月は中半を迎えたら、夜明けの早まりと日暮れの遅さが相まって急激に日が延びていた。日の出前の薄明かりと日没後の残照の時間も長くなっているようで、余計に日が延びたという感覚が強調されたようだった。ならば自らが居住しているこの千葉において、季節とともに増減する実際の日照時間を確かめてみようと思い立った。

インターネットで検索してみたら、国立天文台の“暦計算室”が一般向けの諸々の情報を提供していて、「各地の暦」というコーナーで日の出・日の入り、月の出・月の入り、および南中時・月齢をまとめたものを見付けることができた。「千葉県のこよみ」を選び、日の出入りを参考にして、日照時間の変化を導きだした。

その前に、これまで冬至、大寒、立春などと使っていたが、それがどんな起源かを知らなかった。「こよみ用語解説」という関連コンテンツで、それが二十四節気と呼ばれ、その意味や定め方まで解説されていた。１年の太陽の黄道上の動きを視黄経の15度ごとに24等分して決められているとのことで、日数で決められていたのではないことも初めて知った。

また諸々調べてみると、二十四節気は紀元前の中国の戦国時代に太陰暦とは別に作られた、年間の農耕生活を向上するために考えられたアプリケーションのようだった。2000年以上も前に、太陽の動きを観察して法則化し、角度という概念を持って24等分して作っていたという、数学的・天文的アプローチに驚嘆させられた。

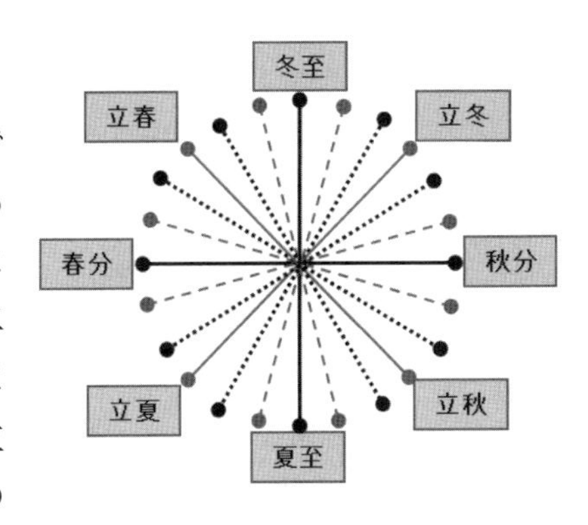

その二十四節気の中で誰もが一度は聞いたであろう代表的な節気を右に示す。夏至・冬至の二至、春分・秋分の二分に季節の始まりとなる立春・立夏・立秋・立冬の四立を合わせて八節である。これらは春分から黄道の位置が、立夏、夏至と45度ずつ増した時点の節気となっている。

このように節気は太陽を見る角度で分割されているので、一気の日数は一定とはならず、14日から16日の間で変動することになる。今となっては、地球が太陽の周りを楕円運動しているからだと簡単に説明できる。しかしこの楕円運動が認識されたのは1600年を過ぎてのヨハネス・ケプラーによる数式化以降である。その歴史を知れば、尚更に二十四節気の創作の背景や過程に興味がそそられる。

この楕円運動が意味するのは年明け頃の近日点付近では地球が早く動き一気の日数は減り、7月上旬の遠日点付近（7月上旬）で地球がゆっくり動いて一気の日数は増加する。つまり近日点や遠日点あたりでは地球の運動の変化が少ない時期にあたり、1日の長さの変動が小さくなる。ただ地軸が黄道面と23.4度傾いているので簡単には対応しない。

ともあれ立春からの日照時間が延びるのは、ケプラーの法則と北半球に位置する日本の国土の居住地に依存するのだと定性的には理解できた。だから己が居住する千葉県の冬至から夏至までの日の出、日の入りから、日照時間とその増加の変化を算出してみた（表1）。

冬至から夏至までは日照時間が延びる事は周知の事実であるが、9時間45分から14時間34分と5時間近くも延びるのである。また冬至よりも小寒の日の出は6時49分と遅く、春分の日は昼の方が夜より7分も長かった（*）。そして一気毎の日照時間の延びは冬至から小寒までは僅か6分だったものが、雨水を過ぎると30分を超すのだから、実感通りだった。

これに対して夏至以降の日照時間の変化は表2のようになった。

夏至から小暑までの日照時間の減少は6分しかないのに、秋分の頃になると36分にもなるのだから、まさに「秋の日はつるべ落とし」という諺は言い得て妙な表現である。そして秋分の日もまた春分の日と同じく、昼の方が夜よりも7分も長かった（＊＊）。あくまでも千葉県の場合である。

生まれ故郷の福島県では、冬至の日の出は6時50分、日の入りは16時23分と、千葉よりも日照時間が12分も短かった。それが夏至になると日の出が4時16分と8分早く、日の入りが19時3分で5分遅くなり、日照時間が13分も長かった。千葉より北に位置していることで、これだけの違い

表1　2021年の千葉県の冬至から夏至までの日照時間変化

節気	月日	日の出	日の入	日照時間	増加
冬至	12月21日	6:45	16:30	9:45	(分)
小寒	1月05日	6:49	16:40	9:51	06
大寒	1月20日	6:47	16:55	10:08	17
立春	2月03日	6:38	17:09	10:31	23
雨水	2月18日	6:23	17:24	11:01	30
啓蟄	3月05日	6:04	17:38	11:34	33
春分	3月20日	5:44	17:51	*12:07	33
清明	4月04日	5:22	18:03	12:41	34
穀雨	4月20日	5:01	18:17	13:16	[35]
立夏	5月05日	4:44	18:29	13:45	29
小満	5月21日	4:31	18:42	14:11	26
芒種	6月5日	4:24	18:53	14:29	18
夏至	6月21日	4:24	18:58	14:34	05

が生じる。北に位置するほど、冬の日の短さと夏の日の長さで、季節の変化をより一層感じるのだろう。

更に北に位置する札幌と南に位置する和歌山で昼の長さを比べてみた。すると冬至では9時間に対して9時間53分、夏至では15時間23分に対して14時間26分と、およそ1時間もの差があった。気温ばかりでなく、昼夜の長さでも生活パターンに違いが生まれるのは当然だ。

表2　2021年の千葉県の夏至から冬至までの日照時間変化

節気	月日	日の出	日の入	日照時間	減少
夏至	6月21日	4:24	18:58	14:34	(分)
小暑	7月07日	4:30	18:58	14:28	06
大暑	7月27日	4:40	18:52	14:12	16
立秋	8月07日	4:52	18:38	13:46	24
処暑	8月23日	5:04	18:19	13:15	31
白露	9月07日	5:16	17:59	12:43	32
秋分	9月23日	5:28	17:35	**12:07	[36]
甘露	10月08日	5:40	17:14	11:34	33
霜降	10月23日	5:53	16:55	11:02	32
立冬	11月07日	6:07	16:39	10:32	30
小雪	11月22日	6:22	16:29	10:07	25
大雪	12月07日	6:35	16:26	9:51	16
冬至	12月22日	6:45	16:31	9:46	05

もし地球の公転軌道が楕円ではなく真円だったら、地軸の傾きが23.4度ではなく０度だったら、気候は現代とはどの程度変化し、生物や人間の分布はどのように違っていたのだろうかと想像する。季節の変化はないが、ずっと穏やかな気候になっていたに違いない。だが地軸が90度傾いていたとしたら、常夏の昼だけの国とか厳冬の夜だけの国、あるいは白夜だけの国などに分かれてしまう。想像を超越した世界になりそうだ。

現実の世界はダイナミックだ。何と2021年の関東の春一番は２月４日で、気象庁が統計を取り始めた1951年以降で最も早い記録となった。これまでの記録は1988年の２月５日であり、昨年の2020年は２月22日だった。春一番の条件は、立春から春分の間で、日本海に低気圧があり、８m/秒以上の強い南風が吹いて昇温するとされている。前日が立春だから、春一番の条件を満たす翌日の出来事となった。

その朝の私の庭には霜が降り霜柱が立って、外の洗い桶の水は凍っていた。穏やかに始まった冬の朝は真昼に激変し、千葉では風速20m/秒の西南西の強風が吹いた。しかし印旛郡にある私の居住地の強風はそれほどでもなく、２月２日の大雨で地面は十分な水分を吸っていたので、砂塵が舞わずに済み、春一番が吹いたという実感は無かった。

さすがに翌朝は霜柱が立ったものの、７時に雨戸を開けブラインドを上げると、眩いばかりの陽射しが部屋を明るくして、暖房が要らないまでに室温を上昇させるようになった。10時に近付いたら暑ささえ感じてしまい、玄関に繋がる引き戸を少し開けて冷えた空気を取り込み室温を調整したほどである。

春一番から３日後の２月７日は年が明けてから一番の暖かさとなった。花粉症で水洟の心配はあるが、溢れる光の中での息子とのゴルフを楽しみにしていた。ところが５日になって布団から出て立ち上がる時に、脇腹から背中にかけて妙な張りを感じた。鼻がムズムズしてクシャミをしたら、張りが痛みに代わり、深く呼吸する事もできなくなってしまった。姿勢を変えても痛みが走り、寝るにしてもその動作自身が痛みを誘発した。残念ながら息子にプレー延期の申し入れとなってしまった。

これからの一カ月は日が増々延びて暖かくなり快適な季節となるはずなのに、スギの花粉の季節が過ぎるまでは、部屋の窓から外を眺める日々となりそうだ。自分の庭だけでなく東側に隣接する畑の野菜は成長を再開して、菜花は黄色い花で彩りを添えてくれるだろう。何種類かのエンドウも蔓を伸ばして、白や紫の花で華やかさを追加してくれるに違いない。季節の変化を間近に楽しめるのだから高くは望まないでおこう。

何かと肉体的な制約が増えているものの、日が延びていく間は何故か心が沈むことが無い。これは私だけのことだろうか。

19. 日と太陽

“立春は早朝から夕暮れまで陽光に満ちて暖かな一日だった。”と記述したとすれば、春・早・朝・暮・陽・暖・日と27文字中の7文字はどこかに“日”が入った漢字で、その頻度は25%を超える。もちろん日は太陽も意味して、その太陽の運行を利用した暦や季節、時間に関係した表現や日を含む漢字を生みだしていて当然のことであろう。

古の我が国においては、恒星としての天体を指すとともに、その光や明るさを意味していた漢字の“日”や“陽”に、和語の「ひ」を当てたのだろう。陽という字は山の象形とされる［阝(阜)］と［昜］で成り立ち、昜は［旦］+［勿］である。そして昜自体が上がるや昇るという意味を持っている。

“日”が含まれる漢字や“日”を部首とする熟語は次々と浮かんでくるが、“陽”を含む言葉はあまり思いつかなかった。知識不足によるものと思い、インターネットの辞典で調べて整理したものが表1である。ただ見聞きしたことが無い言葉や見慣れない言葉は省いた。

“陽”を含む言葉を調べている中で、「かげろう」を陽炎と書くことは知っていたが、このように漢字からなる単語に、単字単位ではなく熟字単位で訓読みするものは“熟字訓”と呼ばれることを初めて知った。

表1　陽を含む身近な言葉

読みの区分け	陽を含む言葉
陽（ヨウ）が前	陽画・陽気・陽極・陽光・陽子・陽春・陽性・陽動・陽暦
陽（ヨウ）が後	陰陽・山陽・残陽・斜陽・夕陽・太陽・重陽・朝陽・落陽
陽（ひ）	朝陽・夕陽・陽当たり・陽射し・陽溜まり・陽向（日の置き換え）
熟字訓	陽炎（かぎろい・かげろう）

次に“日”を含む言葉が表2である。“日”の訓読みは「ひ」か「か」で、音読みは「ニチ」か「ジツ」であるが、「ひ」の語尾が変化した場合や、「ニチ」の語頭が変化した場合も分類に加えた。“陽”に比べ“日”を含む用語の多さには驚くばかりである。「ひ」は成人の日や建国記念の日のように何々の日という特定の日を指す場合に使われ、「か」や「ニチ」は日にちの序数詞や基数詞として頻繁に使われる。ところが「ジツ」については日が下接する単語は沢山あったが、上接する単語は日月（ジツゲツ）しか見つけられなかった。

表２　日を含む身近な言葉

読みの区分け	日を含む言葉
日(ひ)が前	日脚・日当り・日覆い・日陰・日影・日隠し・日傘・日笠・日暈・日がな・日柄・日雀・日暮れ・日盛り・日射し・日銭・日溜まり・日付・日中・日長・日永・日向・日延べ・日捲り・日々・日歩・日偏・日除け・日和
日(ひ)が後	朝日・入り日・月日・夕日
日(ぴ・び)が後	月日・天日・薄日・西日・曜日・厄日
日(か)が後	三日・四日・五日・六日・七日・十日・二十日・三十日
日(ジツ)が前	日月
日(ジツ)が後	過日・元日・忌日・期日・吉日・祭日・昨日・終日・祝日・先日・即日・単日、短日・当日・平日・末日・落日・連日
日(ニチ)が前	日限・日常・日偏・日没・日夜・日曜・日用・日洋・日輪
日(ニ・ニッ)が前	日貨・日課・日刊・日記・日給・日勤・日系・日計・日光・日参・日誌・日射・日照・日章・日商・日食・日蝕・日数・日夕・日中・日直・日程・日当・日報・日本
日(ニチ)が後	縁日・今日・在日・初日・親日・駐日・毎日・明日・命日
熟字訓	明日・明後日・今日・昨日・一昨日・一日・二日・晦日(つごもり・みそか)・終日(ひねもす)

音読みには呉音と漢音があって、先に伝わった呉音の方がより慣れ親しんでいたと想像される。「ニチ」が呉音で「ジツ」が漢音とのことなので、「ニチ」が上接する単語が普及して「ジツ」が上接する余地が無かったのだろう。実際、「ニチ」は訓読みの「か」と共に30日と言う場合の助数詞や、30日間といった基数詞には訓読みのように使われている。そんな推理をすることも面白い。

更に部首として日が使われている漢字を調べてみた。辞書の部首索引から四画の“日”を選ぶと、左右上下、中央、片隅と様々な構成の漢字が存在していた。名目だけの日偏（ひへん・にちへん）という分類はあったが、日旁、日冠あるいは日脚という分類や言葉は存在しなかった。

表３　部首の中に日を含む身近な漢字

日の位置	部首として日を含む漢字
左 / 偏	明・旺・昭・昨・映・昧・時・晄・晒・晦・晩・晴・晩・暁・晰・暗・暖・暇・曉・曙・曚・曜・曝
右 / 旁	旧・旭・昶
上 / 冠	旦・早・旱・易・昆・昇・昴・星・是・昂・昜・晃・暑・景・晶・暑・暈・暴・曇
下 / 脚	旨・昔・昏・昌・春・晋・普・智・暮・暫
その他	昼・暦・暢

“日”がどこにあっても“日偏”と呼ばれているようだが、敢えて左側を偏、右側を旁、上を冠、下を脚と呼ぶことにすれば、表3に示すように偏として使われる漢字が1番多かった。2番目は日冠、3番は日脚という順番で、旁やその他の位置に使われている漢字は僅かだった。

この“日(ひ)”を含む言葉や漢字に注目して気付いたのだが、似て非なる“曰(ひらび・いわく)”があることを知った。論語の「子曰(いわ)く」は知っていたが、日(ひ)の別読みかと思い込んでいた。「いわ(く)」の他に「い(う)」「のたま(う)」「いわく」「のたま(わく)」「ここ(に)」という訓読みもあった。70年近く生きていても知らない言葉が沢山ある。

日(ひ)は太陽の象形文字で、曰(いわく)は口の象形文字のようなので成る程と納得した。また呉音では「オチ」、漢音では「エツ」と発音するようだが、日(ひ)の「ニチ」や「ジツ」という読みと微妙に似て異なっている。曳・曲・更・沓・曷・冒・書・曹・曽・曼・最・曾(曽)・替・會(会)などが曰(ひらび)を部首とする漢字である。どの漢字も太陽や時間あるいは季節の関連がない構成で、日(ひ)偏の文字との違いが明確だった。

ならば日(ひ)を部首とする、それぞれの漢字がどれだけ光や時間、季節と対応があるのかに興味をそそられた。日と他の部品から構成される文字は、それぞれの意味や読みの合成であろうことから、日(太陽)に対してどのような意味付けや効果を示すのかを調べて表4にした。

表4　日を部首とし、日（太陽）に付随した意味を有する漢字

語	訓読み	漢・呉読み	伴	漢字の成り立ちや意味
旦	あした	タン	一	太陽が地平線＿から姿を現す様子
早	はや	ソウ	十	人の頭（十）の上に太陽が出る頃
旬	ー	シュン・ジュン	勹	勹は巡るを意味し十干では10日間
旱	ひでり	カン	干	干は二股の武器で首を曝したのかも
昔	むかし	セキ・シャク	𠔉	𠔉は肉を並べて天日で干した様子
昏	くれ・くらい	コン	氏	氏の省略で低いことから日射が低い
昂	たか・あがる	コウ・ゴウ	卬	卬は左が立つ人右が跪く人で仰ぐ
晶	まさ・あきら	ショウ	日	沢山に光を発する星や澄んだ星の光
昴	すばる	ボウ	卯	冬に卯（東）にのぼる星で日は晶の略
昜	あがる・ひら	ヨウ	勿	何も無い所（勿）から日が昇る様子
春	はる	シュン	夫	日を受けて草が群がる(芚→屯→夫)
星	ほし	セイ	生	旧字は曐で生は清に通じて澄んだ光
暑	あつい	ショ	者	上は太陽で下の旧字は者で煮焚き台
景	ー	ケイ・エイ	京	陽の下の高い丘の上の建物の様子

確かに多くの日を部首とする漢字は光や時間、季節や状況を示していた。中には文字が成立した頃の意味と、現代の日本での意味が違っているものもあったが、日（太陽）由来として捉えることができた。

表5に示すように、日（太陽）との関連が見つからない文字や、略字の過程で日に変わった文字、分類での誤りと思われるものも見受けられた。

表5　日を部首としながら日（太陽）との関係が見つからない漢字

語	訓読み	漢・呉読み	伴	漢字の成り立ちや意味
旧	もと・ふるい	キュウ	丨	舊→臼→旧と省略で日とは無関連
旨	うまい・むね	シ	ヒ	ヒは匙で口に入れる意味で誤分類か
昆	あに	コン	比	分類の誤りで日（ひ）ではなく曰（ひらび）で似たような口が並ぶ様子
易	やす・かえる	エキ・イ	勿	易が全体でトカゲを意味し日と無関係
是	これ・この	ゼ・シ	𤴔	上の日の意味は不明で下の部首は足
智	ち・とも	ち	知	知に意味があって下の日の意味は不明

漢字は4000年ほど前の殷の甲骨文字を原点として、象形文字、指事文字、会意文字、形声文字を加えて発展したといわれる。その数は10万字を超え、他の文字体系を圧倒している。我々が使用している何割かの漢字の構成が、何らかの分類の法則に合っていなくても全く不思議は無い。

日本で使っている漢字に比べ、中国の簡体字は漢字の源泉を探るのが難しいほどに簡略化されている。1950年代に制定されたとかで僅か70年前からの使用である。比較した幾つかの変更を表6に示すが、日に一と勿が加わった昜がただの日に戻り、侌が月に変わっているのが面白い。

表6　現代の日本の漢字と中国の簡体字の比較事例

漢字の字体	現代の日本の漢字と中国の簡体字対応
日本の漢字	気　帰　産　陽　陰　東　漢　親　門　風　売　買　観
中国の簡体字	气　归　产　阳　阴　东　汉　亲　门　风　卖　买　观

我が国でも1950年代から簡略化が進められて現代に至っている。旧漢字と新漢字の比較事例を表7に示すが、新漢字の部首や構成部品から、本来の意味を推察するのは容易では無い。旧漢字の靑よりも新漢字の青の方がしっくりくるが、円の字源は丹で青の染料だったようだ。

表7　日本の旧漢字と新漢字の比較事例

漢字の字体	現代の日本の漢字と中国の簡体字対応
旧漢字	氣　稻　舊　恆　兒　擔　靑　戀　壓　醫　圓　鹽　觀
新漢字	気　稲　旧　恒　児　担　青　恋　圧　医　円　塩　観

ホモ・サピエンスの出現が40万年前として、漢字は誕生から4000年にも満たないのだから、その進化が人類のそれより100倍速くても当然の事だろう。ウイルスの進化は更に桁違いに速い。日がな物書きをするようになったが、これはわが身の進化の発現ということなのだろうか。

20. 月と太陰

先に“日と太陽”について考察したので、今度は“月と太陰”を対象に据えた。太陽の対語は太陰だが輝きは淡く、月は日に比べて30分の1程度の発展かと想像していた。一方で天体の月と肉月の月があることは知っていたので、部首としての発展の違いについても知識を補強した。

これまで、単語としての“太陰”は“太陰暦”としてしか知らず、また“陰”も「かげ」という意味での単語や熟語は使っても、「月（つき）」という意味を含む言葉としては光陰しか知らなかった。果たして月としての意味をもつ陰を含む言葉は存在しているのか興味がそそられた。

“陽”の場合は［阝(阜)＋昜］で、昜は［旦＋勿］、旦は［日＋_］で構成されている。旦は地平線からの日の出を意味し、勿は弓の弦が切れたという象形で否定や禁止あるいは無いことを意味している。合体した“昜”は上がるや昇るという意味を持って［阝］の右に置かれ陽になっている。おそらく陽を作ったのは、日だけでは言いにくい日の光の様子とか、日が当たっている様子とかを示したかったのだろう。

だから陽に対する陰は、「つき」よりも「かげ」の意味が主体となっていることは当然であろう。実際、月という意味が含まれた陰を含む２文字熟語を探してみたところ、陰暦、光陰、太陰の３つしか見つけられなかった。その“陰”は［阝(阜)＋侌]、“侌”は［今＋云］で構成されている。今は覆うとか隠すの指事文字、云は雲の象形文字と言われていて月との関連は掴めなかった。きっと月というより陽に対する「かげ」として作られた文字であろう。

表1に示したように、陰を含む身近な言葉は陰暦、光陰、太陰を除き、全てが「かげ」にまつわるものだった。日がもたらす現象を陽とし、陽に対置される現象を陰と考えて文字が作られ、陰と関連する言葉が発展してきたものと想像している。勝手にこのような推理をしているが、言語学者の調査結果はどうだったのだろうか。

表1　陰を含む身近な言葉

陰の位置	陰を含む2文字熟語や言葉
陰（イン・オン）が前	陰陰・陰雨・陰鬱・陰影・陰翳・陰火・陰画・陰気・陰極・陰険・陰惨・陰湿・陰森・陰性・陰徳・陰部・陰蔽・陰謀・陰約・陰陽・陰暦・陰嚢・陰核
陰（イン・アン）が後	光陰・山陰・樹陰・寸陰・夕陰・太陰・中陰・夜陰・緑陰・諒陰（リョウアン）
陰（かげ）	陰口（かげぐち）・陰膳（かげぜん）・陰乍ら（かげながら）・陰日向（かげひなた）・陰弁慶（かげべんけい）・陰紋（かげもん）・陰る（かげる）
熟字訓	陰地蕨（はなわらび・花蕨）・陰行草（ひきよもぎ・引艾）・陰嚢（ふぐり）・陰核（へのこ）・陰（ほと）

陰に対して月を含む言葉は何倍もありそうだったが、調べてみると予想を超えて見たことも無い言葉が溢れていた。身近に接するような言葉を選んでまとめたものが表2である。

表2　月を含む身近な言葉

読みの区分け	月を含む言葉
月（つき・つく）が前	月一・月明かり・月影・月暈（つきがさ）・月極め・月毛・月並・月の出・月見草・月読
月（つき・づき）が後	閏月・朧月・年月・三日月・望月・睦月・如月・卯月・皐月・水無月・文月・葉月・長月・神無月・霜月
月（ゲツ・ゲッ）が前	月暈・月下・月給・月経・月桂樹・月光・月産・月次・月謝・月収・月商・月蝕・月明・月命・月曜・月齢
月（ゲツ）が後	隔月・寒月・観月・歳月・年月・残月・日月・新月・水月・年月・半月・風月・満月・蜜月・名月・臨月
月（ガツ・ガッ）が前	月忌・月日
月（ガツ）が後	正月・1月・2月・3月・4月・5月・6月・7月・8月・9月・10月・11月・12月
月を含む熟字訓	月代（さかやき・月額）・海月（くらげ）

訓読みの「つき」では形状や見え方など月（つき）そのものを表す場合と、暦上の1カ月を表すような単位として使われる場合が殆どだった。音読みの場合は、月の形状や見え方を示す用語が多かったが、月（ゲツ）が前に付いた単位系の熟語では、新造されたと思われる月給・月産・月次・月謝・月収・月商などのビジネス用語が目立って多かった。

熟字訓は2つしか見つからず、海月（くらげ）の方は海の中の月のような生物で字面どおり分かり易かった。しかし月代（さかやき）の方は烏帽子や兜を被った時の蒸れ防止を図って半月状に髪を剃った髪型であるが、「さかやき」という言葉との結びつきは判然としなかった。

月を部首とする文字は日を部首とする文字と同様に多数あるものと想像していたが、思いのほか少なかった。表3にまとめたように、身近に使われるものでは朧・朔・朗・朝・期・望と僅か6文字しかなかった。朕（チン）と服（フク）の月偏は舟からの変化、朋は並んだ貝からの変化との事で、月とは無関係だった。どこかで月偏に変わっていたようだ。

表3　月を部首とする身近な漢字

部首	左 / 偏	右 / 旁	上 / 冠	下 / 脚	その他
文字例	朧	朔・朗・朝・期			望

月を部首とする文字が多いと感じていたのは肉月のせいだと思っていた。確かにその推論は誤りではなかったが、そもそも理解不足な事もあった。日の場合はどこに位置しても日

が部首であり、4画の日偏として分類されている。しかし肉月の場合は部首の取り扱いが複雑だった。

肉月（にくづき）が左側の偏の場所に位置する漢字が多数存在し、表4に示したように画数が4の“月（にくづき）”を部首とする漢字として取り扱われていた。しかし月が下にある場合の部首は6画の“肉”に分類され、それでいて実際に使われている部首の文字は4画の月だった。そして“肉”を含んだ馴染みの漢字は“腐”しかなかった。こんな分類は“漢字オタク”にしか受け入れられないだろう。

表4　肉月および肉を部首とする身近な漢字

月の位置	部首として月を含む漢字
左側（肉月／月偏）・［4画］	肝・肘・肛・肚・肥・股・肢・肪・肱・肺・胎・胆・胞・胚・脈・胸・脂・胴・脇・脆・胯・胱・胼・脳・脚・脱・脛・腕・腔・腋・脾・腑・腸・腹・腫・腺・腰・腱・腦・膜・腿・膝・膠・膣・膵・膨・臆・膿・臉・臍・臓
下側（肉／月脚）［6画］	育・胃・脅・肩・肯・肴・背・肖・脅・脊・腎・膏・膚・臀・腐

まさか月と陰が日と陽に劣らず複雑な進化を遂げているとは思わなかった。中国語の陰と陽の簡体字が阴と阳となったのは、漢字の進化の最新の特徴のように思えた。これからも漢字の進化は続くことだろう。

21. 編集と校正

2021年は年初から週休4日の身となったので、2月18日の木曜日に以前の会社での上司と後輩と3人でゴルフをし、日暮れ前の明るいうちに帰ってきた。玄関に設えた宅配ボックスに配送のサインが出ていたので開けてみると、A3判ほどの大きさのずっしりと重い荷物が入っていた。送り状を見ると出版社で、出版を予定している随想集の初校が前触れ無しに届けられたのだった。

昨年末に、ふとしたことから自伝的な『記憶を辿って 2020』という随想録を自費出版することになった。そして、昨年末に1ページが600字で200ページ余りの電子版の原稿をメールに添付して送付した。その初校の確認用のゲラは、B4サイズの紙に2ページ分を印刷したものが100枚余りもあったものだから、それはまるでピアノの楽譜集のようだった。

1年余り前の1月下旬に、3月で定年を迎えるという倉敷に暮らす大学時代の友人を招き、隣県に住む鴻巣と水戸の友人も誘い、私の印旛郡栄町に建造していた隠居小屋に集まってもらった。大学を卒業して43年が経ち、15年ぶりの再会だった。2泊3日の合宿で懇親を深め、栄町から銚子までの近郊にある名所旧跡を利根川に沿って観光した。その時の紀行文が切っ掛けとなり、その後10カ月をかけて18編を加え19編とし、1冊の随想録として出版することになった。

その随想録の中に記していたが、どのようにしたら自費出版できるのかを考え始めたのは脱稿前の10月頃で、インターネットで調べれば簡単に手法が見つかると思っていた。11月の中半になって大方仕上がったので、“自費出版_費用”と検索すると、パソコンの画面いっぱいに対応する出版社が表示された。

この随想録は200ページ余りだったので、プリント代を1枚5円とすれば1冊あたり1000円となる。製本や手間賃などを含めてその3倍がかかるとすれば1冊3000円、200冊で60万円くらいというのが私なりの見積もりだった。確かにその程度の費用で自費出版できることが確認できた。

沢山表示された自費出版を請け負ってくれる出版社の中で、ある出版社の宣伝文句が目についた。**“誤植や事実の誤認のない、読みやすく見た目も美しい組版の伝統を守って電子媒体では得られない書籍の品質”**と。中身を補完するためにハードカバーで装丁を良くし、友人たちに贈るため記念に残る1冊にしたかった。

“共同出版”や“個人出版”などがあるようだが、どちらにしても自費出版はできそうで、電子データでの応募が可能だったので17編までを送信した。その応募先とは『東京図書出版』という出版社だった。もともと市販することなど念頭に無かった。すると11月の末になって**“共同出版Aランク採用のご通知”**という連絡が届いた。今でも何がAランクなのか分からないままだが、とにかく出版の目処がたった。

12月に19編の原稿を仕上げて、全文を読み直して修正し、後書きを付け加え、装丁をデザインして、全てのデータを送信した。また、契約や費用負担についても送付されてきた用紙にサインし、総費用の半額だという前受け金を振り込んで、出版に向けて踏み出していた。

今回は人生で初めての本格的な校正である。半導体の仕事をしてきた中で、専門書の１節を担当するとか、業界誌への寄稿とかは何度かあったものの、いずれも校正の確認をした記憶が無い。出版日が先に決まっていたので、むしろ原稿の納期がプレッシャーだった。依頼の原稿は本業の後回しになり、納期が近づいてから慌てて執筆していた。

『東京図書出版』の編集室から届けられた『記憶を辿って 2020』の初校“ゲラ”は、見事に全てのページに赤ペンで華やかに訂正や修正がなされていた。それらの校正は見事で、誤字や脱字の訂正のみならず、漢字や仮名の選択や送り仮名の統一、前後に著した時間的不一致の校閲、文章のリズムにまで及んでいて、プロの技量を目の当たりにした。

出版に関わる諸費用合計約100万円で、自身の見積もり額の倍近い額となった。ただ、印刷部数は2.5倍の500冊もあり、１冊あたりの単価は3000円から2000円に下がったので、経費削減になったものと解釈することにした。だからと言って、市販予定の300冊はどれほど売れるか分からない。趣味にはお金がかかるものだと納得することにした。

校正のやり方については、以下のような指示書が添付されていた。

初校は、必ず初校ゲラに赤で直接ご記入下さい。

弊社の校正については、修正が不必要なときは「ママ」（もとのママの意味）とご記入いただき、修正どおりで良い場合は特にご記入は不要です。お尋ねしていることにはご指示をお願いします。校正ゲラの赤字は、決定ではなく弊社からの提案とお考えいただき、意向に沿わない場合は遠慮なく再修正していただけるようお願いします。

※弊社の校正者が入れた赤字は消さずに残していただくようお願い致します。

お送りいただきましたデータに沿ってゲラを作成いたしました。あらためて全体を通してご確認いただけますようお願い致します。

業界用語なのかこの出版社だけなのか分からないが、添削後に原文のままに戻す場合は「ママ」と記入するようである。実に言葉どおりで違和感は無い。むしろ「ママ」の説明はなされたのに、カタカナの「ゲラ」の方は説明が無かったのは残念だった。校正用の印刷物だろうという予想はついたが、一体「ゲラ」の由来は何なのだろうかと思い、早速に調べてみた。

元々「ゲラ」はガレー船のガレー（galley）で、両舷に数多く備えられた櫂を漕いで進む軍艦のことだ。ポルトガル語ではgaléと記載するようで、この言葉自体で船を意味しているようだ。だから日本語でガレー船と言っているが、“船”は不要ということになる。現在では、艦船や航空機内の厨房、あるいは調理室という意味でも使われている。
「ゲラ」自体は英語の「galley：ガレー」に相当するものの、出版界では「galley proof」のことを略して「ゲラ」と呼び、「校正刷り」という意味で使っているようだ。「proof」は証拠、証明、吟味、検算、試し、強度とかいった意味だが、出版業界では「校正」という意味になる。内容と事実の齟齬や誤りを直すのは「校閲」と呼ぶそうだが、私の作品の場合は校正に含まれた作業のようである。

活版印刷が普及して出版の機会が増え、原稿から出版物にする過程で、印刷の前に仮刷りを行い、それと原稿の内容を突き合わせ、誤字や脱字あるいは体裁や内容の不備を正すようになった。実際の作業としては、漢数字を使うかアラビア数字を使うか、挿入図表をどのように配置するか、実名でのプライバシーへの配慮は大丈夫か、引用がある場合の著作権許諾は得られているかなども含まれることを知った。

600字で200ページ余りの原稿だったが、初校の添削を見るに及んで、約100万円という総額が安く思えた。もし2000部も売れるとしたら、倍の200万円をかけられ、1冊のコストを1000円に下げられる。そうならば校正者の技術料を倍に引き上げられる。私の作品は沢山売れるようなものではないので、私にできるのは感謝の意を表することくらいだ。

ん。前触れもなく、マイケル・ファラデーのことが浮かんできた。

20年ほど前の50歳になる前後は“科学史”に凝っていて、医術や錬金術を含めて、古代からの科学の発展を振り返っていた。またそこに登場してきた科学者自身の一生についても興味が湧いた場合は伝記を読んでいた。パスカル、ドルトン、アヴォガドロ、メンデレーエフ……等々。

中でも『マイケル・ファラデー　天才科学者の軌跡』には特に感動したことを覚えている。このタイトルをAmazonで検索してみると、今でも販売され続けていた。そして下の方に私のレビューが載っていて驚いた。何と18年間も削除されずに生き延び、眼前に18年前の自分が現れてきた。1冊を購入してカスタマーレビューを投稿していたのだ。すっかり忘れていた。これが私の初めてのネットへの投稿であり、数少ない投稿のひとつである。

ファラデーは英国の貧しい家庭に生まれ、小学校も中退で、14歳の時に近所の書店兼製本業の所に7年間の年季奉公に入った。その傍らに店にある科学書などを読んで科学の知識を吸収し、公開講座に参加しては独学で器具を作って科学実験を行った。年季奉公が明けた頃に、王立研究所の科学者ハンフリー・デーヴィーの公開講演を聴講する機会を得、その時の講義ノートをまとめてデーヴィーに渡していた。

数カ月後に縁あってデーヴィーの助手となり、やがては王立研究所の会員となり、教授となってあまたの成果を上げた。一度きりの人生では“もしも”は無いが、彼の家が裕福だったら、彼が本屋での年季奉公をしていなかったら、デーヴィーの公開講座に出ていなかったら、と……。

編集と校正の最中にあって、製本をしていたファラデーを思い出したのだろう。記念として Amazon のレビューを添付しておこう。

橋本正幸
☆☆☆☆☆**マイケル・ファラデー　天才科学者の軌跡**
2003年3月19日に日本でレビュー済み
Amazon で購入

数あるファラデー関連書籍の中で最も正確簡明かつ資料がふんだんに挿入された名著である。それは著者であるJ. M. トーマスがファラデーと同じ英国王立研究所に勤務して研究し、ファラデーの暮らした部屋に住んだという特別な経験を有し、何よりもファラデーを身近に感じて敬愛していたことが、この作品の価値を高めている根本的な理由であろう。
ファラデーの一生涯に渡る人間像、科学上の業績と科学界への影響、現代社会への波及効果を網羅した、ファラデー伝であり科学史である。

４人のお客様がこれが役に立ったと考えています

ファラデーは電気分解を通して化学と電気を結び付けた立役者であり、彼の数々の成果のおかげで私の半導体技術の仕事も成り立っていた。ファラデー定数は96500 C/mol。今でも忘れずに覚えている。

随想録の自費出版という思い立ちから、原稿作成の後の校正や装丁の作業を通して刺激を受け、想像もしなかった彼の日の自分に出会うことにもなった。新たな活動は新たな発見をもたらしてくれるようだ。

22. 自然科学への誘い

先の一編にマイケル・ファラデーを取り上げたが、化学や物理といった自然科学に精通しているわけではない。ファラデーに比べれば、裕福に育ち教育を受ける環境にも恵まれていたが、怠惰な少年・青年時代を送ってきた。それでも小学校に入学してから並の教育を受け、45年間も技術畑を歩んできたので、大学生よりも多少は知識が勝っている。

自らが秀才ではなかったことで、仕事で必要とされる知識の習得に手間取り、同期生や後輩よりも自らの適性能力を卑下する事がしばしばだった。凡人であったがゆえに同じ業界で働き続けたことで、己の得意分野や嗜好領域が特定できた。凡人としての経験を経たからこそ、指導の機会においては、凡人にもより分かり易い説明法を考えることになった。

ファラデー定数が96500 C/molとただ覚えても、利用しない人にとっては何の価値も無い知識であり、学校での試験や大学受験のために丸暗記するのは苦痛なことである。もちろん秀才たちは10代のうちから、この定数の意味だけでなく、元素の化学当量も、電荷と電流の関係も統括的に理解している。だが凡人の頭はそうはいかない。また学校の先生たちも、統括的な理解をするための指導をしてくれることは稀である。「それはどうして？　それはどうして？」と事物や事象の根源や原理をとことん追求するのが『哲学（philosophy）』であるが。我々凡人は自然哲学者や科学者の築き上げてくれた成果を、理解し利用して社会に役立てようとする立場である。これらの成果の恩恵を知らない人々にとっては、自然科学自体が無用の学問かも知れないが、それらの有する意味や恩恵を知ることで、自然科学を少しでも身近に感じてもらいたい。

自然科学は先人たちの発見の歴史の上に成り立っているので、どうしても先に使われていた物事を尊重し、中途半端な係数や定数が登場する。そして大抵が自然科学の共通言語である数式で表現がなされるので、英語と同じように、馴染めない人が多くても仕方ない。とはいえ、卵をeggとし、水をwaterとしても、大部分の日本人にとって理解が可能であろう。私は10本の指を使ってリコーダーは吹けるが、ピアノは弾けない。ピアノが弾けたならと思いつつ、練習をしてこなかったのである。

一般家庭では100V（ボルト）の交流で電気が供給されている。100W（ワット）の照明を点けると、100W/100V = 1W/Vで1A（アンペア）の電流が流れる。電流は電子の流れだが、その電子1個が持つ電気の量である電荷は1.602×10^{-19}C（クーロン）と導出されている。1s（秒）間に1クーロンが流れるのを1アンペアと定義しているので、1A = 1C/1sである。何個の電子かは電荷で割って、1C/1s = 1C/s/1.602×10^{-19}C/個 = 0.9416×10^{-19}個/sと計算できる。9.416×10^{-18}個となり900兆の100兆倍で900垓である。多すぎて何のことやらだが、砂時計の砂と同じようなイメージだ。

中学の水の電気分解の実験で、試験管に水素ガス（H_2）をためて火を点けて燃やした事はないだろうか。18.015gの水（H_2O）を電気分解したら何リットル（L）の水素ができるか考えてみよう。何故18.015gとしたのかといえば、それは水素の原子量が1.008で酸素が15.999であるからである。原子量とは原子の種類による質量の相対値であり、原子1個あたりの重さの相対値である。原子番号は原子1個の重さの順序と思えばよい。

原子量の数値にグラムを付けると、水素は1.008g、酸素は15.999gとなるが、これはある集まりの重さである。その集まりの数とは6.022×10^{23}個のことである。同じ原子の数で重さを比較している。水の分解を化学式で表現すれば$H_2O \to 2H + O$となるが、実際は水素原子Hと酸素原子Oは即座に結合して、水素分子H_2と酸素分子O_2に変化してしまう。よって、通常は$H_2O \to H_2 + 1/2O_2$と分子の反応式で表現する。

水18.015gから水素ガス2.016gと酸素ガス15.999gを作り出すことができるが、水素分子H_2の数はH_2O分子と同じ数の6.022×10^{23}個となり、酸素分子O_2の数はH_2O分子の数の半分の3.011×10^{23}個となる。単純化してH_2Oは$2H^+$とO^-で結びついているとすれば、$2H^+$に2個の電子を与え、O^-から2個の電子を取り除けば、H_2と$O \to 1/2O_2$となる。

$2 \times 6.022 \times 10^{23}$個の$H^+$に同数の電子を供給すれば2.016gの水素ガスが作れる。この反応に必要な電気量は、電子1個の電荷が1.602×10^{-19}Cだったから、それらを掛け合わせればよい。

$$(2 \times 6.022 \times 10^{23}) \times (1.602 \times 10^{-19}\,\mathrm{C}) = 1.92881 \times 10^{-4}\,\mathrm{C}$$

$$= 192944\,\mathrm{C}$$

半分の1.008 g の水素を作るには、当然その半分でよいから96472 C となる。どこかで見掛けた数値とよく似ている。ファラデー96500 C/mol とほぼ同一だ。ただ単位に /mol が付いている。1.008 g の水素とか6.022×10^{23}個の H_2 とか言ってきたが、この数の原子や分子の集まりが mol（モル）と呼ばれていて、化学嫌いの御仁にはお馴染みのアボガドロ数である。

何故アボガドロ数やファラデー定数が、こんな中途半端な数値となっているのだろうか。ファラデーより前の時代に、水の密度が 1 g/cc と決めていたという経緯による。後になって科学は水18.015 g の中に、水素原子が12.044×10^{23}個、酸素原子が6.022×10^{23}個含まれる事を突き止めた。

このモル数での分子や原子の実像を見ると更に分かり易い。水素ガス（H_2） 2 g も酸素ガス（O_2）32 g も、0 ℃、大気圧（ 1 気圧）で、体積は約22.4 リットル（L）である。そして水素ガス 2 g と酸素16 g を燃やすと、熱い22.4 L 余りの水蒸気が発生し、燃料電池では18 g の水ができる。

気体の場合は温度が高いと体積が増えるし、水にも溶けるので計算の結果とはピッタリ一致せず、更なる自然現象の不思議に遭遇する。ここでは深追いしないでおこう。

トヨタの MIRAI は水素ガスを燃料として燃料電池方式で走る。141 L の燃料タンクに5.6 kg の水素をチャージでき、 1 kg で152 km ほど走行できるようである。水素ガスは 2 g/mol なので、5.6 kg は2800 mol となる。大気圧では22.4 L/mol だから 2800 mol × 22.4 L/mol = 62720 L の体積を占める。これを141 L のタンクに入れると 62720 L/141 L = 445

で、1/445に圧縮されるのだから、圧力は1気圧の445倍で445気圧となる。

この計算は0℃なので、夏の37℃のときの圧力はどうなるか。気体は1℃あたり1/273.15ずつ膨脹する。(37+273.15)/273.15=1.135と計算され、圧力は1.135倍となって、505気圧に上昇する。また満タンの5.6 kgを使いきると、2800 mol×18 g/mol=50400 g、およそ50 kgの水が排出される。ちなみにMIRAIは水素1 kgで152 km走行できるので、満タンの5.6 kgを使いきると851 km走れるという計算になる。

どうだろうか？　アボガドロ数やモル（mol）は原子や分子を同一の数の塊として扱うことで、実際の重さや堆積に簡単に変換するための、“為替レート”の役割と同じようなものだ。海外旅行をするとき、韓国を訪問してから米国に行く時の換金を考えるのと、さほどの違いはない。アボガドロはこの概念の導入に貢献した事で名付けられているが、もし徳川さんだったら、徳川数で、単位は米にちなんで俵であっても構わない。

ケルビンは我々の自然界がマイナス273℃で、全ての運動が止まってしまうことを発見した。その温度が絶対零度、0ケルビン（K）である。氷点で決めた℃のセルシウス温度では、温度上昇と気体の体積の比例関係を簡単に表せなくて不便なのだ。自然科学は我々の身の回りの事象をより簡単な表現で結び付け、利用しやすいようにしている学問なのだ。

身の回りの不思議を自分で解いて理解するのは面白い。

春

23. 旧暦と節供

３月３日を迎え、雛祭りの様子がテレビの画面に流れていた。雛祭りは、女子の健やかな成長を祈る節供の年中行事であるが、私は家が貧しかったせいで姉がいても雛段を飾って祝う経験をしないで育った。桃の節供とも呼ばれているものの、桃の花が咲く季節になる前に行われる行事だ。何故に桃の節供と呼ばれているのだろうか？

それは旧暦（和暦）から新暦（西暦）への変更のときに、季節への適合を配慮せずに、月日だけを同じにして移行してしまったからだ。そして新暦の適用によって、旧暦の下での行事や祭事の幾つかは、徐々に廃れてしまった。私自身は古い慣習の中で育ってきたが、旧暦と新暦の違いも、節供の意味も知らないで過ごしてきた。もう誰からも問われることは無いだろうが、年中行事として続けられることを、これを機に理解しておこうかと思った。改暦を挟んだ和暦と西暦の対照を表１に示す。

まずは新暦と旧暦の違いとは何だろうか。新暦に変わる前は、和暦あるいは邦暦と呼ばれていた。明治６（西暦1873）年に“改暦”し、それまでの和暦を止めて西暦（グレゴリオ暦）を採用した。改暦前は天保暦という手法での太陰太陽暦で、天保15年１月１日（1844年２月18日）から、明治５年12月２日（1872年12月31日）まで使われた。

表1　和暦と西暦との対照

	初日	最終日	天皇名
天保	文政13年12月10日 （1831年1月23日）	天保15年12月2日 （1845年1月9日）	仁孝
弘化	天保15年12月2日 （1845年1月9日）	弘化5年2月28日 （1848年4月1日）	仁孝→孝明
嘉永	弘化5年2月28日 （1848年4月1日）	嘉永7年11月27日 （1855年1月15日）	孝明
安政	嘉永7年11月27日 （1855年1月15日）	安政7年3月18日 （1860年4月8日）	孝明
万延	安政7年3月18日 （1860年4月8日）	万延2年2月19日 （1861年3月29日）	孝明
文久	万延2年2月19日 （1861年3月29日）	文久4年2月20日 （1864年3月27日）	孝明
元治	文久4年2月20日 （1864年3月27日）	元治2年4月7日 （1865年5月1日）	孝明
慶応	元治2年4月7日 （1865年5月1日）	慶応4年9月8日 **（1868年10月23日）**	孝明→明治
明治	明治元年1月1日 **（1868年1月25日）**	明治45年7月29日 （1912年7月29日）	明治
大正	大正元年7月30日 （1912年7月30日）	大正15年12月24日 （1926年12月24日）	大正
昭和	昭和元年12月25日 （1926年12月25日）	昭和64年1月7日 （1989年1月7日）	昭和
平成	平成元年1月8日 （1989年1月8日）	平成31年4月30日 （2019年4月30日）	明仁（上皇）

この“改暦”で明治５年は12月２日で終わり、翌日の３日が１月１日とされたのである。明治５年の12月は２日間しかなかったことになる。ここで不思議なのは慶応から明治への移行である。慶応の最終日は慶応４年９月８日（西暦1868年10月23日）、明治元年１月１日は西暦1868年１月25日で、慶応が終わる11カ月も前になっている。

明治６年になってから、慶応４年の１月１日を明治元年の１月１日に改めたので、実際は慶応４年が９月８日まで存在していたようだ。慶応４年の１月１日から９月８日生まれの人は、明治６年になると慶応生まれから明治生まれに変わったということになる。

西暦が使われ出したのは1873年１月１日（明治６年１月１日）であり、明治５年は師走の準備を始めようとしたら、新年となって正月が来てしまった。当時の人はさぞや混乱しただろうし、暦の月日と季節感がずれてしまったことだろう。慶応の最終日は９月８日とされているので、我々は夏の終わり頃かと思ってしまうが、西暦では10月23日なのだから実際は晩秋だ。和暦で表現された描写は、西暦の月日に１カ月から１カ月半加えなければ、当時の季節感を味わえない。

和暦では二十四節気を利用して太陰暦を補正していた。１年を太陽の黄経（地球から見た太陽の軌道である黄道の経度）の360度を24等分する手法である。古代中国では、例えば冬至から冬至、あるいは夏至から夏至までが１年である事を認識し、その24分の１の15度ごとに季節に合った命名をしていた。その二十四節気と新暦とのズレが表２である。

それなのに新暦への移行と共に、いくつかの行事や祭事は同じ月日に行うことにしてしまったのだ。それらの中で現在にも残っている行事が節分や節供である。

節分とは文字通り季節の分かれ目であり、四立と呼ばれる立春・立夏・立秋・立冬の前日は全てが節分だった。だから西暦日への移動は起こらずに済んだ。ただ３つの節分は忘れ去られ、豆まき行事を行った、立春の前日だけが節分として現代に伝わっている。

では節供とは何なのだろうか。古代中国では陰陽五行説なるものが重用され、１桁の１・３・５・７・９という奇数は陽であり、同じ奇数が重なる１月１日、３月３日、５月５日、７月７日、９月９日は、特にめでたい日とされていた。だが陽のピークを過ぎると陰に転じ凶をもたらすかも知れないので、その邪気を払う行事が行われたそうだ。それが“節供”であり、漢字としては“節句”よりもしっくりくる。

そして、邪気を祓い災い除けのために、薬草や旬の植物の力を借りた。だから５回の節供は“七草”、“桃”、“菖蒲”、“笹”、“菊”という、薬草やにおいの強い植物で構成されている。桃については『古事記』におけるイザナミの黄泉の国からの脱出劇の最後で、追いかけてくる黄泉醜女に、桃の実を取って投げつけ、その霊力で退散させているのを思い出す。

表2　二十四節気と西暦との対照

季節	旧暦	黄経	節・中	名称	旧暦節供	2021年
春	正月	315度	節気	立春	人日　七日	2月03日
		330度	中気	雨水	七草の節供	2月18日
	二月	345度	節気	啓蟄		3月05日
		0度	中気	春分		3月20日
	三月	15度	節気	清明	上巳　三日	4月04日
		30度	中気	穀雨	桃の節供	4月20日
夏	四月	45度	節気	立夏		5月05日
		60度	中気	小満		5月21日
	五月	75度	節気	芒種	端午　五日	6月05日
		90度	中気	夏至	菖蒲の節供	6月21日
	六月	105度	節気	小暑		7月07日
		120度	中気	大暑		7月22日
秋	七月	135度	節気	立秋	七夕　七日	8月07日
		150度	中気	処暑	笹の節供	8月23日
	八月	165度	節気	白露		9月07日
		180度	中気	秋分		9月23日
	九月	195度	節気	寒露	重陽　九日	10月08日
		210度	中気	霜降	菊の節供	10月23日
冬	十月	225度	節気	立冬		11月07日
		240度	中気	小雪		11月22日
	十一月	255度	節気	大雪		12月07日
		270度	中気	冬至		12月22日
	十二月	285度	節気	小寒		1月05日
		300度	中気	大寒		1月20日

1月の節供が1月1日に行われなかったのは、他の新年の行事で日程が詰まっていたからだろう。そして7日になったのは、1日から新しい1年の運勢の占いが始まり、「鶏、狗、猪、羊、牛、馬、人、穀」の順で行われたことで、7日目が人の運勢を占う日だったことに由来している。その日が人日（じんじつ）なので人日の節供となった。

このような中国の風習が古墳時代の日本に伝わると、日本古来の儀礼や祭礼などと結びついて、やがて宮中では邪気を祓う行事が催され、それが発展して節供毎に節会（せちえ）と呼ばれる宴会が開かれるようになったようだ。時が経て江戸時代に至ると、人日、上巳、端午、七夕、重陽の5つの節供が民衆の祝日とされ、それが現代に引き継がれた。

宮廷の節会料理とお節供祝いから正月のお節料理が生まれたようだ。1月1日は節供ではないが、お節料理を食べているのだから、五節供に比べて格別に豪勢で、宮廷に勝るとも劣らない節会料理だ。

ちなみに七草の節供の七草は、芹（せり）、薺（なずな）、御形（ごぎょう）（母子草）、繁縷（はこべら）、仏の座（ほとけのざ）（田平子）、菘（すずな）（蕪）、蘿蔔（すずしろ）（大根）で、栽培している蕪（なずな）と大根を除く5つの野草は、暖地でなければ立春を過ぎないと採取するのが難しい。これらは春の七草であり、旧暦の正月七日でこそ手に入れられる食材だ。

上巳の節供では菱餅と雛霰（あられ）が白・青（緑色）・赤（桃色）の3色で供される。着色が無い白は穢れが無い象徴で、青は新芽の生命力、赤は桃の霊力で穢れを祓うという意味を持つのだろう。青は蓮の葉で着色し、赤は山梔子（クチナシ）由来の染料で着色するそうだ。山梔子の実から作られる漢方薬には、消炎、止血、鎮静作用、利胆といった効能がある。菱餅の桃色部には桃の実の霊力が添加されているように思える。

端午の節供に出てくるのは菖蒲と粽だ。私の生家では菖蒲を軒先に吊るし、蓬も合わせて入れた菖蒲湯に浸かった。中国では菖蒲が健胃や血行促進、打ち身にも効く薬草として珍重されていたそうである。新暦に変わっても5月5日になると菖蒲は小川の縁に伸びていて、それを摘んでくるのが私の役目だった。粽も保存力に優れる笹や真菰の葉でもち米を包み蒸すという、5月の節供にピッタリの植物だ。

七夕の節供は、6日の晩に願い事を書いた5色の短冊をつけた笹竹を飾り、7日の朝に川に流す行事だ。織女と牽牛の物語は後世での装飾だろう。5色は陰陽五行説の五行で木＝青・火＝赤・土＝黄・金＝白・水＝黒の由来だ。陰陽（月と太陽）と五行は、時間・空間、季節、生物、徳目など宇宙の万象を象徴し、5色の幟や鯉幟の吹き流しは魔除け・厄除けを表している。かつては粽の紐もこの5色だったそうだ。七夕の行事食は千年も前から素麺だそうだが、私の生家では提供されなかった。星を見るにしても現代の7月7日は梅雨の真っ只中だ。

重陽の節供は、“重陽”と名前そのものが“陽”の“重なり”で、節供の中でもメインイベントのような感じがする。不老長寿や子孫の繁栄を祈念し、菊酒の宴が開かれたようだが、新暦に変わっての9月9日では30℃を超える日もあるので、秋の菊を味わうには時期が早すぎる。温暖化の中にあって、節供の無い11月11日に移行した方が、現代においては菊の節供に相応しいようだ。来る11月11日に菊酒を楽しんでみよう。

新暦はグローバルな世界の中で生活する我々にとって、共通の暦として便利であり不可欠である。しかし明治の改暦は、旧暦のなかで行われていた行事や祭事を、名目だけの月日にずらしてしまった。後世に対して大失敗の愚行だった。だが七夕祭りやお盆と同様に、月遅れという実施法で対処すれば良い。むしろ季節に合わない行事に対し、何故にこの時期かという疑問を抱く好機と捉えよう。

24. 春分の日

2021年は立春を迎えた頃から例年には無い暖かさとなって、3月11日には広島でソメイヨシノの開花が報道された。開花の比較は気象庁が指定する国内58本の「標本木」で、ソメイヨシノ（染井吉野）という樹種が基本とされている。それが生育していない沖縄と北海道ではカンヒザクラ（寒緋桜）とエゾヤマザクラ（蝦夷山桜）が代替の樹種だそうだ。

早咲きで薄紅色の河津桜は有名だが、白い山桜、淡紅色の寒桜、緋色の寒緋桜を始め、200種を超えるようで素人には区別が難しい。広島での開花宣言以降、ソメイヨシノを対象として各地での開花宣言が続き、東京では3月14日だった。千葉県での開花は標本木がある銚子で3月22日だった。開花予想は前日の21日とされていたが、春の嵐が襲来したので、花びらが飛ばされて開花が観測できなかったのかも知れない。

私が暮らしている千葉県北部の利根川の近隣では、銚子よりも早くソメイヨシノが咲きだしていた。庭にも春が到来して菜花や大根は薹（トウ）立ちし、黄色や白い色の花を咲かせ、それらは胸ほどの高さまで伸びている。露地栽培の苺も白い花を咲かせ、その中心に小さな緑の実を付け始めた。赤茶けていた芝桜の葉が緑色を取り戻して、次々と花を開いて緑の葉を隠し、桜に似た白やピンクの花びらで地表を覆い始めている。

年が明けてからぐんぐんと日は長くなって、3月20日に春分の日を迎えた。朝は6時前から野鳥の囀りが始まるようになり、雨戸を閉めるのは夕方の6時を過ぎてからとなっている。1月20日の大寒から2カ月が経って、日の出が約1時間早まり、日の入りが約1時間遅くなったのだから、朝夕での明るさの違いを感じるのは当然かも知れない。

ついひと月ばかり前の2月下旬の朝には畑の畝間に霜柱が立ち、車の窓ガラスの窓霜に朝陽が白く反射していたのに、桜の開花の便りに合わせ、地表は朝露で湿って黒褐色となり、車の窓ガラスは細かい水玉で覆われて、橙色に乱反射するようになった。日差しの暖かさを心地よく感じながらも、霜や薄氷の季節が過ぎてしまった季節の移ろいに、どこか寂しい気持ちが生まれていた。

まったく勝手な思いなのだが、寒さからは解放されたいと願いつつも、同時に霜柱のかき氷を敷き詰めたような白い畝間や、車のフロントガラスに描かれた霜の華を見られないのは寂しい。軒下に置いたバケツの水が透明の薄氷を張って、毎朝違った波模様を見せてくれるのも次の冬を待たねばならない。次は年末の12月として、9カ月間もお預けだ。

小さい頃に春分の日は昼の長さと夜の長さが同じと教えられてきたが、昼の方がずっと長いように感じていた。日の出前の薄明かりや夕暮れの残照の時間を昼とすれば、昼の方が長いに決まっている。調べてみると、昼は日の出から日の入りまでで、薄明かりや残照は夜に含まれるという結果だった。それとて日の出から日の入りを昼とする定義であれば、朝夕に少なくとも太陽の半径分だけは、明るい時間が長くなって当然だ。

春分の日の昼の長さの実際はどうかと思い、札幌から那覇までの13都市について調べてみた。その結果を表１に示すが、およそ８分ばかり昼の時間が長かった。経度や緯度による長さの差は殆ど無く、経度が札幌より13.7度小さい那覇では、日の出は56分、日の入りは54分遅いという違いは明白だった。

表１　2021年３月20日の春分の日の昼の長さ

都市名	緯度	経度	日の出	日の入り	昼の長さ
札幌市	43.1度	141.4度	5:38	17:47	**12:09**
仙台市	38.3度	140.9度	5:40	17:48	**12:08**
千葉市	35.6度	140.1度	5:44	17:51	**12:07**
横浜市	35.5度	139.7度	5:45	17:53	**12:08**
静岡市	35.0度	138.4度	5:50	17:58	**12:08**
名古屋市	35.2度	137.0度	5:56	18:04	**12:08**
京都市	35.0度	135.8度	6:01	18:09	**12:08**
神戸市	34.7度	135.2度	6:03	18:11	**12:08**
鳥取市	35.5度	134.2度	6:07	18:15	**12:08**
山口市	34.2度	131.5度	6:18	18:26	**12:08**
徳島市	34.1度	134.6度	6:06	18:13	**12:07**
鹿児島市	31.6度	130.6度	6:22	18:29	**12:07**
那覇市	26.2度	127.7度	6:34	18:41	**12:07**

これは１日24時間、1440分に対して、緯度が13.7度/360度の違いなので、55分の遅れと計算でき実際と一致する。計算の結果が合うのは嬉しいものだ。

春分の日と秋分の日は“分点”として定義された特別の日で、黄道と天の赤道との交点に当たる日とされている。太陽と地球という巨大な物体同士の軌道ということで、黄道とは太陽の中心の軌道ということになるだろう。昼の時間が８分ほど長いのは、太陽の半径分の日の出と日の入りの日照時間だけで説明できるのだろうか？　太陽の直径の半分が動くのに要する時間は約１分で、朝夕合わせても２分余りにしかならない。

では、残りの６分弱はどこからくるのだろうか？　それは地球の大気による光の屈折で、朝夕ともに太陽が１個分余り、水平線の下にあっても光が届くからだそうだ。朝夕それぞれ２分半、合計で５分余り昼が長くなるという。専門用語では『大気差』と呼ぶらしい。我々が見ている朝に昇る太陽や沈む太陽の姿は、実は蜃気楼だったということを知った。

これら２つの効果で春分の日の昼の長さは、日の出と日の入りの定義により２分余り、地球の大気による太陽光の屈折で５分余り、合計で約８分ばかり昼の方が長いことが確認できた。春分の日と秋分の日の昼と夜の長さが同じというのは、正しい教えではなかったことと、これまでの感覚との相違について長年の謎が解けてすっきりした。

実際に昼と夜の長さがほぼ同じだった“真春分の日”は、３月16日と17日で、それぞれの日の出は５時49分と５時48

分、日の入りは17時48分と17時49分で、昼の長さは11時間59分と12時間１分だった。同様に“真秋分の日”については、９月26日と27日で、それぞれの日の出は５時30分と５時31分、日の入りは17時31分と17時30分で、昼の長さは12時間１分と11時間59分だった。

これまで何十年間も確かめもせずに、春分の日と秋分の日は夜と昼の長さが同じで、年間では半分の日々が夜の方が長いと思い込んでいた。それが実際には10日間程、夜より昼の時間が長い日の方が多いことが判明した。明るければ外で過ごすことができ、屋内では電灯を点けずに文字が読める。太陽の運行は変わらずに続いているのに、少しだけ得をしたような気分になった。

報酬を得るための時間に縛られることが無くなって、季節に合わせて床を離れ、眠くなったら床に就けるようになった。春分の日が過ぎて、これから半年間以上の日々は、太陽光によって12時間以上の明るい時間を過ごすことができる。この明るさという無償の恩恵を日々の過ごし方に繰り入れて、自然の妙を感じながら穏やかな生活を送りたいものだ。

春分の日の翌日は春の嵐に襲われた１日となった。過ぎ去ったら更に暖かくなりそうだ。朝と夕に近隣の桜並木の下を散歩してみよう。

25. 光陰矢の如し

春分の日から１週間が経った2021年の３月27日土曜日、以前の会社で同僚だったＡさんと上司だったＩさんに、私の事業所で菜園管理小屋でもあり、ゲストハウスとなっている隠居所に来訪してもらった。前年の２月にＡさんから集合の声かけがあったのだが、私に新型コロナ感染“風(ふう)”の発症があり、それ以来ずっと延期になっていた。

“風(ふう)”という症状の意味は、咳と高熱と節々の痛みと、治療後の１週間余りの味覚障害だった。受診した近所の医院の診たてが不明確で、インフルエンザ検査では陽性とならず、それでいて肺に異常が無かったので、新型コロナ感染でもないと診断されたからである。結局は解熱の注射と咳止めの薬が処方され、重症化せずに１週間余りで治癒していた。

また、直前に３泊４日で来訪していた３人の同級生と共に窓を開けずに車で観光地を巡り、夜毎の酒宴と併せて密状態でマスクも着けずに大声で会話したものの、誰にも何の感染をさせずに済んでいた。感染力の点からいっても、新型コロナでもインフルエンザでもなかったようだ。

Ｉさんとは個別に2019年の９月10日に川崎で会う機会があったのだが、Ａさんとはその半年前の２月９日にＩさんと一緒に会った時以来だった。だから今回の再会は２年ぶりのことで、思いのほか時が早く過ぎていた。

３人とも千葉県内に住んでいるので、以前は頻繁にメールで連絡を取り合いながら、年に数回は上野あたりか、会うのに便利な鉄道の駅近くに集合していた。2016年の始めまでは、栃木県の野木に住んでいたクマさんというもう１人の元同僚も加わっていた。それぞれが従事していた半導体関連の仕事の状況を確認し合い、無事での再会の宴を楽しんでいた。

残念なことに、私より年が１つ若かったクマさんが予期せぬ病魔に侵されてしまい、常連が４人から３人に減少してしまった。療養中の2016年の２月に自宅を訪問した折、クマさん自らの手料理で歓待してもらったのが最後の酒席となった。それから５カ月後に先に逝ってしまった。

Ａさんとは1983年の初め頃に顧客として出会った。私は技術者として東京の商社のＣ社に勤め、Ａさんは茨城県にあった米国系の半導体会社のＴ社に勤務し半導体メモリの技術者をしていた。当時、取り扱いを始めたばかりの最先端DRAM向け製造装置を担当し、その国内１号機の納入先がＴ社で、担当がＡさんだった。後に諸々の経緯があって、1984年に私と共に千葉の館山に設立されたDRAMを製造するＮ社に移り、同じプロセス技術部門で分野の違う領域を担当して同僚として働いた。

クマさんも同時期に入社し、製造装置技術の部門を牽引し、相補的な立場で工場運営に携わった。少し遅れて数歳先輩のＩさんが入社し、所属部門の長となった。誰に対しても丁寧な言葉を使い、上着の２つのボタンの両方を掛ける几帳面さを持っていた。当時から普及しかけのIT機器を積極的に導入し、スマートに仕事を進める方だった。

私はそのN社に10年近く在籍したが、Aさん、クマさん、Iさんの3人は3年前後すると、それぞれに新たな挑戦の場を見付け転出していった。クマさんは得意とした真空機器のL社に、Aさんはかつて私がベンダーとして働いていたC社に、Iさんは私が大学を卒業し就職したJ社に転出し、それぞれのフィールドで次々と何歩かの足跡を残した。

今は亡きクマさんとの初めての出会いは、私が最初に就職した埼玉県の上福岡にあったJ社で、私が担当した半導体製造装置のベンダーとして出会った。勤め先のH社という商社から超低温の真空関連機器を納入してもらった。クマさんが最後に所属した会社は、私の自営業の業務委託元の1つであるKo社だ。元々Ko社と私の業務委託関係は、クマさんの意向によるもので、クマさんが働いていた中国のS社への技術支援だった。

1984年にN社に集合した4人は、仕事を除いては特別な関係が無かった。歳がほぼ同じだったAさんとクマさんと私の3人は、頻繁に同僚・同輩として幾度も杯を酌み交わしたが、Iさんとの酒宴の記憶は全くなく、むしろ酒を嗜まない方と思っていた。付き合いが深まったのはIさんがJ社の後に自分の会社を興し、私が館山の会社を辞めて成田に事業所があったAp社に移った後で、1995年を過ぎてからだった。

私がAp社に入社する何年か前に、既にAさんは入社して活躍していた。再度同じ勤務地となったことで家族ぐるみの懇親も再開した。Aさんの奥さんはN社で私のアシスタントをした人であり、私の妻はそこでCADエンジニアとして働いていた。Ap社には社宅で向こう隣だったFさんも先に転出し、直属の上長だったYさんは同時期に入社した。

一方で、成田から車で行き来できる土浦に、クマさんとその友人のMさんが興したKm社があった。二人はL社で出会って意気投合した間柄だった。Ap社で私の所属した部門のエンジニアリングで人手を要したのでKm社と契約し、クマさん自身に手空きの時間を見繕って手伝ってもらった。契約の1年間ばかり、仕事を終えてから旧交を深めることができた。

ダイナミックな半導体産業の中にあっては、地域や生産品の変化により、関連産業にも関連企業にも栄枯盛衰が避けられない。その後も4人は、それぞれに新たな挑戦の場を求めて流浪した。後になってクマさんは2013年までの数年間の仕事の場を中国に移していた。やがて日本に戻って、私が業務委託を受けていた東京のKo社に入社した。巣食っていた病魔との闘いの場を、中国から日本国内に移すのが目的だったようだ。

クマさんは先端医療も受けたが、それ以上に百薬の長を頼りにした。だがその薬効には限りがあった。1978年に初めて出会い、1984年から館山の同じ会社で働き、業務委託を通して中国の会社を訪問し、東莞や香港で再会の酒宴を楽しんだ。2014年からは私の業務委託元の社員となり、再び同僚としての関係が復活した。残念だが最後の同僚としての関係は短く過ぎて、2016年の夏に、一方的に38年間の交友に終止符が打たれてしまった。

Aさんとは1983年に初めて出会ってから仕事に絡む因縁が生じ、翌年から館山の会社で3年ばかりを同じ部門で机を並べた。また成田の会社でも数年間を同じ事業所で過ごした。居住地は共に住み替えはあったものの成田市近郊のままで、1時間をかけずに行き来が可能な所に住み続けている。お互いに生き延びて、今年で交友は38年間となった。

Iさんとは、お互いにN社を転出してからより親密さを深め、ここ10年余りは、連絡の度に共通の趣味の農耕の工夫について話題にすることが多い。ただ今回ばかりは、新型コロナウイルス感染の話題が中心となった。最初の出会いから37年が過ぎた。同じ千葉県内に住んでいるので、Aさんと合わせて3人で集まることが続いている。

近年に至り、1984年に館山に集まり同じ社宅に住んだ方々の訃報が相次いだ。遊歩道を挟んで向こう隣に住み、直属の上長だったYさんの訃報が2018年に届き、翌年の5月には、工場長として入社しその後に社長となったSさんの逝去を聞いた。Sさんとは館山においても、成田に移ってからも、しばしばゴルフに誘われ一緒にプレーさせていただいた。Yさんとは社宅で反対側の向こう隣だったFさんも、2020年の秋に逝ってしまった。皆、30年余りも人生の同時期を共にした盟友だった。

『光陰矢の如し』である。そして1年が増々短くなっているように感じる。1年の経過の感覚をSyearとすれば“Syear ∝ 1/Age”のようだ。これからも3人での交遊の宴を続けられることを願っている。

26. 年度替わり

我が国では３月の春分の日の前後に学校や幼稚園の終業式が行われ、４月に入って２週目に始業式が行われることが多い。これが学生や生徒あるいは園児にとって、学業の年度末や年度始めとして慣習となっていることだろう。そして卒業式や入学式が桜の花の季節と重なって、年度の終わりや始まりが色鮮やかに演出されて、長く記憶に残るのだろう。

昨今ではグローバル化の流れに沿い、欧米に倣って９月に入学が可能な大学も増加しているようだが、多くの大学は今でも４月入学を基本としている。また、殆どの国内企業の会計年度は４月から翌年の３月までとなっているが、海外の企業では暦と同じ１月から12月とする会社が多い。かつて私が11年間在籍した米国の半導体製造装置会社の会計年度は、11月開始で翌年10月が末で業界でも異色だった。

江戸の長屋の住人が、大晦日が期日の売掛金から逃れるためのバカバカしい算段をする小噺を聞いたことがある。当時の年度は正月に始まり、師走に終わるという暦によるものかと想像したものだ。４月が年度の始まりとして定着したのは何時からかと調べてみると、1886（明治19）年からで、政治的な思惑からの帰結だったようだ。

そもそも年度とは、学業とか事業活動とかいった注目する特定領域の利便のために設けられた１年毎の区切りである。学校や幼稚園の修学年度、事業による売上や利益、ならびに行政の税収や予算の執行といった会計年度などが代表として挙げられる。私の知る限りにおいて、どの国においても、またどの民族においても、1年という時間の区切りと繰り返しを基本とした生活を営んでいる。

我々日本人は特別な思いで毎年毎年、桜の開花を待ち望む。農業では耕種によって適切な育苗や収穫の時期が限られること、漁業では時期による水揚げの魚種が異なることを我々は知っている。年周期の活動だが年度の概念は不要かも知れない。年度の概念が必要となったのは、社会生活における税の取り立てが原点だろうと想像している。

表1　月と二十四節気

月	節気	中気
一月	立春	雨水
二月	啓蟄	春分
三月	清明	穀雨
四月	立夏	小満
五月	芒種	夏至
六月	小暑	大暑
七月	立秋	処暑
八月	白露	秋分
九月	寒露	霜降
十月	立冬	小雪
十一月	大雪	冬至
十二月	小寒	大寒

何度か話題として取り上げた古代中国起源の二十四節気において、始まりは立春だ。現在の2月の初頭に相当する。旧暦では表1に示すように、春分は2月、夏至は5月、秋分は8月、冬至は11月だった。二十四節気の季節感は旧暦や古典の中で味わうことができる。

二十四節気は、紀元前5世紀頃の戦国時代から利用されていたようで、それ以前の紀元前771年に始まった春秋時代というネーミングと妙に響き合う。『春秋』というのは東周時代の歴史書であり、儒教経典としての『春秋経』のことのようだが、春秋という時代名と二十四節気との関係が気になる。

二十四節気が成立した頃に、我が国では初代の神武天皇が即位している。紀元前660年だそうだ。正確な即位の年がどうであれ、天皇による支配が行われたならば、1年の計が立てられていたはずだ。紀元前10世紀には稲作が伝来して弥生時代となっているとすれば、天皇や役人あるいは軍人の糧は民衆からの搾取か提供が必要で、当時の表現は分からないが、年度という概念で徴税していたに違いない。

文明の発祥の地のひとつだった古代エジプトでは、どうだったのだろうか。紀元前3000年頃においては、夏至の頃に始まるナイル川の氾濫の時期と、明けの明星のシリウス(エジプトではソプデトと呼ばれる豊穣の女神)が現れ始める時期を基に暦を作って、農耕に利用していたという。現代の暦で言えば6月の下旬が1年の始まりだったらしい。

1年は洪水期→種蒔き育成期→収穫期の3期で、各期が4カ月とされ合計12カ月で360日、最後に帳尻合わせの祭日5日間が加わって365日だったそうだ。年度の開始が地域によって気候や季節の変化が異なり、農耕や牧畜の準備時期や繁忙期が異なるのは当然だ。古代エジプトでは洪水期から年度が開始し、収穫期を終え徴税し、祭日を迎えて年度が終了していたと考えてもおかしくない。

古代ギリシャでは1月の時期はポリスによってまちまち

で、それぞれの暦の1月が年度の開始に相当していたものと推察される。紀元前8世紀頃から始まる古代ローマ時代の1年の1月は、現在のMarchに当たるMartiusから始まっていた。季節も現代の3月頃に相当し、暖かくなり始める頃が1年の開始だった。やがて11月のJanuariusと12月のFebruariusがMartiusの前に移動し、その後にJulius Caesarによりユリウス暦が制定された。特筆すべきは当時の年度の始まりはMarchだったことだ。

そしてユリウス暦が普及するに従い、年の始まりを年度の始まりとして利用するケースが増えていったようだ。16世紀にグレゴリオ暦に改暦されるものの、両者の違いは僅かであるので、ユリウス暦の延長と考えれば良いだろう。もし年度という制度が、ユリウス暦が普及する前に出来上がっていたならば、その開始時期はそのまま据え置かれたであろう。

ともあれ世界の名だたる古代国家が、1年を12カ月としていたことは興味深い。1年は太陽の運行から、月は名の通り月の運行で、人類共通の認識と観察によるものだろう。では徴税を基にしている現代の国家の会計年度は、実際にどのようになっているのだろうか。全ての国家の会計年度までは調べ切れないが、主だった国では表2のように4つの時期に分類された。決して日本だけが特別ということではなかった。

表２　各国の会計年度

開始月	採用している国の例
１月	中国・韓国・南アフリカ・オランダ・スイス・スペイン・ドイツ・フランス・ベルギー・ロシア・ブラジル　など
４月	日本・イギリス・インド・カナダ・デンマーク・パキスタン　など
７月	オーストラリア・ギリシャ・スウェーデン・ニュージーランド・ノルウェー・フィリピン　など
10月	アメリカ・タイ・ハイチ・ミャンマー　など

表３　アメリカ各州と政府の会計年度

開始月	採用している州
４月	ニューヨーク州
７月	メリーランド州および残り45州
９月	テキサス州
10月	アラバマ州・ミシガン州 ＊アメリカ政府とワシントンD.C.

日本では国も地方自治体も年度の開始は４月で同一なのに、米国では国と州で違っていて驚かされた。表３に示したように国と同じ会計年度を使っているのはアラバマ州とミシガン州だけである。さすが連邦制の合衆国だけあって州の独立性が際立っている。コロンビア特別区のワシントンD.C.は、国と同じ会計年度なのに、両隣のメリーランド州

とヴァージニア州は７月である。

一方、学校の学業年度についてはどうかと思い、入学月の違いを調べた結果を表４に示す。特に会計年度と同じ月だった国については、＊を付けて太字で強調してみた。こうしてみると会計年度と学校の学業年度が同じ国は殆どないことが明白となった。

表４　各国の学校年度

開始月	採用している国の例
1月	**＊南アフリカ**・シンガポール・バングラデシュ・フィジー・マレーシア　など
2月	オーストラリア・ニュージーランド・ブラジル　など
3月	韓国・アフガニスタン・アルゼンチン・チリ・ペルー　など
4月	**＊日本**・**＊インド**・**＊パキスタン**・パナマ　など
5月	タイ
6月	フィリピン・ミャンマー　など
8月	スイス・スウェーデン・デンマーク・ノルウェー・フィンランド・ヨルダン　など
9月	中国・アイルランド・アメリカ・イギリス・イタリア・イラン・インドネシア・エチオピア・カナダ・キューバ・ギリシャ・サウジアラビア・スペイン・ドイツ・トルコ・ポルトガル　など
10月	エジプト・カンボジア・ナイジェリア　など

日本では江戸時代まで旧暦を使っていた。明治時代になって、新暦の導入と併せて政治的恣意によって、会計年度と学業年度が統一化されて４月となった。一方のアメリカでは、国と州の会計年度さえ違っていて、同じであることの必然性を真っ向から否定している。

最後に私自身が66年間の人生で経験し、何某かの対応を必要とした年度を振り返ってみた。その一覧をまとめたものが表５である。やはり経験した年度の多くは４月に開始するものだった。そして各種納税や年金受給に関しては、その行使が数回に分割されているものが殆どだった。

職業人生を退き年金生活者となっても、各種の納税作業からは解放されそうにもない。個人事業主を続けているうちは、毎年の確定申告も必須である。面倒くさい作業ながらタダで実践できる脳トレの１つだ。

今年からは誕生日にでも生きながらえたことを再確認し、己の残余の年度替わりに祝杯を挙げようかと考えている。

表５　自分自身が経験した年度

開始	年度の名称と特徴的事項
１月	◆確定申告・課税年度（申告期間：１～３月）
４月	◆進学と進級（幼稚園・小学校・中学校・高校・大学・専門学校） ◆会計年度（新日本無線・クラリオン・伊藤忠など） ◆国民健康保険税納税（年８期：7/8/9/10/11/12/1/2月） ◆町民税・県民税納税（年４期：6/8/10/1月） ◆固定資産税・都市計画税納税（年４期：5/7/12/2月） ◆自動車税納税（年１回：５月） ◆国民年金・厚生年金保険受給（年６回：6/8/10/12/2/4月） ◆確定拠出年金受給（年４回：3/6/9/12月） ◆国民年金基金受給（年６回：6/8/10/12/2/4月）
11月	◆会計年度（Applied Materials/米国半導体製造装置会社）
12月	◆企業年金連合会老齢年金受給（年１回：12月）

27. ゴルフ

2021年に入り、別々にゴルフをしていた３人の友人からそれぞれに、４人で集まってプレーをしたいとの声を聞いた。中の一人からの要望でスギ花粉の飛散のピークが過ぎてからとなり、４月の８日と９日に設定していた実施日が訪れて久しぶりにこの４人でプレーした。

数年前からは共通の友人となっているが、元々は私が仕事で個別に知り合った方々だった。相互に仕事での便宜も生じたが、むしろ年齢が近かったことで、相通じる関心事の相談などで交友が深まっていた。年長のＫさんとＮさんは1951年生まれ、３歳若いＪさんと私は1954年生まれで同学年同士だ。偶然にも集合日はＪさんの67歳の誕生日だった。

昨年来の新型コロナウイルス感染による行動自粛要請に従い、会食の機会をつくらなかったので、今回ばかりはゴルフ場から近い私の事業所兼ゲストハウスで合宿し、夜の宴も開催することにした。夕食についてはＮさんからの所望に応えて、事業所からさほど遠くない、利根川を後ろにした鰻の老舗にした。Ｎさんはアルコールが合わない体質ということから、自ら鰻屋までの運転手を買って出てくれた。

初日のプレーを終えて事業所へ移動したが、到着はまだ日が高い３時半頃で夕宴の時間には早すぎた。当日はＪさんの誕生日、翌週12日はＫさんの誕生日、そしてＮさんは12月に古希だったので、ギターを伴奏に“Happy Birthday Dear

Tabo さん”、続けて“Happy Birthday Dear 古希の爺さん”と合唱し、冷えたビールとジンジャーエールで乾杯した。実は皆の来訪を前に『Happy Birthday To You』のギターのコードを覚え練習していた。

土産として持参いただいた酒肴をつまみながら、その日のゴルフの結果を総括した。Ｋさんは98点、Ｎさんは103点、Ｊさんは101点で私が92点だった。比較的フラットでペナルティーエリアやバンカーが少ないコースだったので、皆共々に飛距離も体力も落ち続けている中で大叩きしないで済んだ。私が少々良かったのは地の利で、埼玉や東京からの友人たちのように、朝の５時に起きて車を運転して来る必要がなかったからだ。

夕方の５時を前にＮさんの車で鰻屋へ移動し、再会を祝して杯を重ね、最後に鰻重をたいらげて事業所に戻った。その後も皆が関わった半導体産業やそれぞれの生業、それぞれの健康の状況などについて語り合った。他愛もない話の方が多かったかも知れない。久しぶりにマスクを着けず、周囲に気を使わずに、笑い合える空間と時間に陶酔しているようだった。

翌日は一杯だけお茶を飲んでもらって、７時過ぎに車で20分余りの所にある２日目のゴルフ場に向かった。レストランで朝食として提供されたうどんを食べたが、福島の同県人でもあるＪさんと私はハイボールと熱燗を加えて、『朝酒が大好きな小原庄助さん』となった。またハーフを終えての昼食では、『小原庄助さん』同好会にＫさんも加わった。

２日目のコースでは、これでもかと多数配置されたバンカーと多くの池に翻弄され、共々に散々な結果だった。Nさんは115点、KさんとJさんは同じ109点、私が100点と、皆が3桁という低レベルのスコアだった。スコアはどうであれ好天の薫風の下で、ゴルフのプレーとゲームにはしゃぎながら大声で笑い合った。

我々のプレーの2日目は4月9日㈮だったが、時差によって米国では8日㈭であり、85回目のマスターズ・トーナメントがツツジの花が咲き誇るジョージア州のオーガスタ・ナショナル・ゴルフクラブで開催されていた。2ラウンドの予選会の初日には世界の各国から88名の選手が招待され、日本からの出場は29歳の松山英樹選手一人だけだった。

松山選手の初日のスコアは、パー72のコースを3アンダーの69で回り、3位タイでの好スタートだった。2日目は1アンダーの71で合計は140となった。順位は6位タイに後退したものの、トップの137に対し3打差という好位置で予選を通過した。予選の通過者は54人だった。

本戦に入った3戦目は圧巻であり、また幸運にも恵まれ、65という当日の最少スコアを叩き出し、合計のスコアを205としてトップに躍り出た。ちなみにその日の2番目に良いスコアは68だった。前半は1アンダーで上位をキープしただけだったが、後半に入ると主役となってテレビ映像を独占した。私は観戦者として松山選手の一打一打に興奮した。

翌日の最終日は日本では月曜日だったが、日本人初の優勝シーンを見られるかも知れないと、夜明け前の4時半に起きてテレビの放映に見入った。出だしの1ホール目はボギーだったが、すぐに2ホール目でバーディーを取り、更に8番と9番で2つスコアを伸ばして単独トップをキープした。後半に入ると危ぶまれるプレーを連続し、バーディーを1つ取っただけで、4つのボギーを打って3つスコアを落としてしまった。

前日の段階で2位だった同伴競技者が、追い詰めようかとする16ホール目にミスを犯し脱落していった。だが、前日に2位タイだった1組前のライバルがスコアを2つ伸ばして先にホールアウトした。結局、松山選手は最終日に1つスコアを落としたものの、ギリギリ1打差で逃げ切り、マスターズを制覇した。そして日本人初の優勝者となった。

マスターズでのプレーを30年以上もテレビで観戦しているが、これまで一番興奮したのは21歳のタイガー・ウッズが優勝した1997年の試合だった。24年を経て、松山選手はこの時にも勝る感激を与えてくれた。

そのタイガーはマスターズでは、1997年、2001年、2002年、2005年と優勝し、ゴルフ界においても全盛を誇った。ところが2009年のスキャンダルや腰・ひざの問題が重なって、競技への参加すら何年か中断した。それにもめげず2019年のマスターズで14年ぶりに優勝し、1997年にニューヒーローとして登場した若者が、今度は43歳で中年の星として復活した。

一方の松山選手は、東日本大震災が発生した直後の2011年の4月、19歳で東北福祉大の学生だったときに、アマチュア選手としてマスターズに招待された。プロ選手の中にあって27位タイの成績で、ローアマチュアの栄誉を得た。既にプロになっていた同世代の石川遼選手の20位タイには及ばなかったが、我が国のニューヒーローに加わった。以来、松山選手は2013年を除き挑戦を続け、今回10回目にして栄冠を獲得した。

2019年のマスターズで復活を遂げたタイガーは、半年後の10月に習志野カントリークラブ（千葉県印西市）で開催されたZOZO CHAMPIONSHIPでも優勝した。4ラウンドのスコア合計は261で、驚くべき19アンダーだった。その時の2位は奇遇にも松山選手で、スコア合計は264で16アンダーだった。このトーナメントの週に千葉県は大型の台風21号が来襲し、25日㈮の2日目以降のプレーが1日ずつ順延された。

印西市の隣町の栄町に住む私は、八千代市にある業務委託元まで車で通勤していた。月曜日の朝、習志野カントリークラブの脇を通り過ぎる際に、試合会場に立ち寄りたくなった当時の思いが今でも蘇ってくる。

今回のマスターズを前にした2月23日に、タイガーは車で転落事故を起こし怪我で出場できなかった。療養の中にあったが「Making Japan proud Hideki. Congratulations on such a huge accomplishment for you and your country.」というメッセージをSNSで発信した。いつかまた松山選手との直接のプレーをぜひ見せて欲しいと切望している。

自身は老年の星となるような活躍の場はないが、ときどき仲間たちとゴルフ場に集い、少年に戻ってボールを飛ばし合いたいと願っている。

28. 怪我と楽しみ

30代の半ばからゴルフを始め、今も楽しみの一つとして続いている。日本のゴルフ場はたいていがパー72に設定されており、若い頃は80を切るスコアを目指して練習し、会員として所属していたコースでは月例会のような競技にも出ていた。60歳を過ぎてからは100打前後を行ったり来たりで、もっぱら友人たちとの交遊の場として楽しんでいる。

もう一つの楽しみを挙げるとすれば野菜作りである。54歳でサラリーマンを卒業し、自営業を始めた後に畑を借りて耕作するようになった。63歳半ばの2018年の春に開所した名ばかりの事業所は、180坪余りの土地の3分の1が建物と駐車場、もう3分の1が庭、残り3分の1が菜園となっていて、仕事とゴルフをしない週の2日か3日は菜園の耕作か庭の樹木や花卉の手入れをしている。

事業所に菜園を併設した理由の一つが、“疲れと疾病”だった。自営業を開始した年の秋から利根川を挟んで自宅から20kmばかり離れたところにある、茨城県の稲敷市の100坪ほどの貸し農園を借りていた。自宅から車で30分もかからず、北西には筑波山、南西には富士山が眺望でき、初めのうちは往復のドライブも現地での昼食も楽しみだった。

ただ、農作業は老体に負担が大きく、特にしゃがんでの草取りや収穫物の水洗いで足腰にしびれや痛みを発生させていた。自営業はパソコン作業が殆どで、これによって肩こりや腰痛が起きていた。その対処としてずっと、１～２週に１回は整骨院に通いマッサージを受けていた。それが３年余り前の63歳を過ぎた頃から、股関節周りにしびれや痛みを感じるようになり、左足の歩行に障害が出るようにまでなってしまった。

整形外科で検査を受けると、“大腿骨頭壊死症”と診断された。回復するような治療法は無く、対処法は人工骨での入れ替えだと説明を受けた。材料や手術法の進歩により、近年の平均耐用年数は20年程度になっているようだが、10年とか15年しかない場合もありうるので、手術は生きている間に１回で済ませたいと願っている。

また手術から機能回復までに半年余りもかかり、リハビリも必要なので先延ばしにしている。突然に破損してしまった場合は手術をして人工骨と入れ替えるしかない。医者からはジャンプのような衝撃が大きな動作は控えるようにと注意を受けている。心の準備をして“その日”を迎えるか、突然訪れる“その日”に身を任せるか、ハムレットの心境である。

実は足の問題は左足の大腿骨頭壊死ばかりではなかった。脛骨の外側にある前脛骨筋が疲れやすく、足の裏がしばしば“攣って”いた。大腿骨の検査の折についでに診てもらったら、足指の腱が切れているとのことだった。左は第２趾、３趾、４趾の３本、右は第２趾と３趾の２本が、第１関節で簡単に上に折れ曲がってしまい、足指のグリップ力が利かない。

腱が切れたとすれば、５本の指が同時に、あるいは別々に、少しくらい痛みを感じたはずだが、５本の指とも全く気付かなかった。ある真冬の寒さが厳しかった日に、あまりに靴底から冷えたので靴下を脱いで日光で温めようとした折、足指は冷え切って青みがかった淡黄色になり、揉んでみたものの何の感覚も無かった。きっと足指の腱が切れたのは冷えて感覚が鈍った時で、それで痛みを感じなかったのだろう。

ゴルフのスコアが低迷し始めた時期で、その医師に、「腱を繋いでもらったらゴルフのスコアが良くなりそうですね」と尋ねてみた。すると頬を緩めて、「プロゴルファーですか？　繋いでもまたすぐに切れますよ」と返されてしまった。手術への投資に対しスコアアップの効果は期待できないので、腕で対処しなさいということだった。

しかし、左足は大腿骨頭壊死症と指３本の腱切れ、右足は指２本の腱切れで短い歩行でも直ぐに疲れてしまう。去る３月12日には、シニアプロのトーナメントが開催されている茨城県にある江戸崎カントリー倶楽部の東コースで、以前に勤務したAp社で同僚だったSさん、Kさん、Hさんとプレーした。キャディーが付いたが、歩きだった。

私を除く３人は素晴らしいコースだと褒め称え、またプレーしたいと言っていた。ところが私には歩き通すことが試練で、何度も足が攣りそうになっていた。残念ながら歩いての２度目の挑戦は諦めねばならない。同じメンバーでの次のプレーは、同じゴルフ場ながらカートが使える南コースとして、プレー日は１カ月後の４月23日を予約した。

その予定日の１週間を前にした４月15日にKさんとは連

荘（チャン）で、これまたAp社で同僚だったＴさんとＡさんとプレーをした。場所は成田市の北部にある大栄カントリー倶楽部だった。Ａさんは私より10歳程若く、Ｋさんは３つ年長である。Ｔさんは10歳くらい年上かと想像していたが、実際は13歳も上で79歳になったと言っていた。

しかし、一番溌剌としていたのはＴさんだった。ティーイングエリアでは、常に素振りを繰り返し、ほとんどカートに乗らずに歩き、打ってはまた歩いていた。松山英樹選手のマスターズ・トーナメントでの優勝から３日しか経っておらず、その話題で皆の話が弾んだのは当然だが、いつもよりも力が漲っているようだった。爽やかな薫風と心地よい暖かさに、Ｔさんが闊歩するのを見てつい私もつられて歩いてしまった。

アウトの９ホールでは左足の痛みが出ず、スコアも47で昨今の典型だった。Ｋさんの48、Ａさんの51に対しＴさんは45と４人の中でベストだった。１時間ほどの休憩時間があり、昼食を摂りながら近況を報告し合った。後半はインの10番ホールからで、ティーショットの後にまた歩いた。２打目で大きなパッティンググリーンの端にオンさせた。３パットをしたが、午後の最初のホールを無事に終えた。

しかしパー４の11番ホールのティーショットをすると、左の股関節が痛み出し、歩く意欲を喪失してしまった。カートの援助に頼ることができたので、力まないようにスイングをして完走を目指した。プレーを重ねるごとに左股関節の痛みに腰の痛みも加わって、スイングをするのもパッティングするのも辛かった。とはいえ、いつもより結果は上々で、ボギーとパーだけでインの８ホールを乗り切った。

さすがに上がりの18番ホールではダブルボギーを打ってしまったが、インを44で回ることができた。まさに無欲の勝利で、怪我の功名だった。ただ怪我は外傷ではなかったので、同伴の友人たちに痛みのことは伝えなかった。後半でＡさんは56、Ｔさんは50と崩れてしまった。Ｋさんは48と安定していたが、前半より向上した私のスコアを羨み、２つのニアピン賞を奪われたことを悔しがっていた。

プレーを終え風呂に入って汗を落とし、皆で利根川沿いにある鰻の老舗へ移動した。Ap社時代も現在のＥ社でも同僚となったＥチャンが、Ap社の後にUT社でも上長だったＴさんに会いたいと言っていた。そこでゴルフをしないＥチャンのために、プレーの後に２人の再会の夕宴を企画した。込み入った５人の関係はさて置き、旧知の友との再会とアルコールの麻酔に股関節や腰の痛みを忘れ、楽しく再会のひと時を過ごした。

問題は事業所に戻ってひと眠りしてから発生した。翌朝から夏野菜の植え付けの準備として畝立てを予定していたが、それどころではなかった。尿意で夜中に目を覚ましたのだが、尾骨の上あたりに激痛が走り、起き上がることができなかった。四つん這いでトイレに向かい、体躯の変化に伴う腰の痛みに堪え、腹筋と奥歯に力を入れてエイッと立ち上がって便座に座った。このような事態もあろうかと、便器の後方に設えていた手前に倒れる可動式の手摺が役立った。

布団に戻って横になると、痛みだけではなく胃から喉にかけてむかつきに襲われた。胃酸が逆流しているようだった。また気力を振り絞って布団を出て立ち上がり、隣室の椅子に辿りついて腰を下ろし、テーブルに常備したペットボトルからコップに水を注ぎ、数口に分けて食道を洗うようにして胃に送り込んだ。むかつきの方は少し改善したが、小一時間ほどすると腰が痛みだした。また四つん這いになって布団に戻った。２週間で治ったギックリ腰の１週間目のような症状だった。

“ギックリ腰”と言えば、その正式な名称は急性腰痛症で、急激な動きで筋肉および筋膜性の腰痛（筋性腰痛症）や仙骨と腸骨を繋ぐ仙腸関節性の腰痛（仙腸関節性腰痛）などがあるようだ。今回は後者の仙腸関節性腰痛の軽症と左半身の筋肉疲労だったようだ。

代表的な経験では、息子とのキャッチボールでキャッチャーをした時、立ち上がった瞬間に発症し１週間入院した。脊椎の間に細いチューブを刺し、痛みのブロック溶液を点滴して回復を待った。また、Ａ君と冬山の散策をした折、休憩して立ち上がった時にも発症した。運良く同伴した２人の案内人に救助橇を作ってもらい、３人の力で下山させてもらった。

ギックリ腰が起きそうなゴルフでは何度も経験している。月例の試合の折に、１番ホールで何組かの後続のプレイヤーたちの前でティーショットをした。ギャラリーからはナイスショットと掛け声が発せられたが、私の口から出たのは

“ウー”という唸り声だった。ゴルフの体験の中で１打だけのプレーとなった。もちろんその試合は１打で棄権した。

翌16日金曜日の朝は、いつものように５時半頃に目を覚ましたが、腰の痛みの減少は僅かで、いつものようには起き上がれなかった。我慢と気力で対処して朝食を摂り、歯茎の腫れで切開したときに歯科医から貰っていた痛み止めのロキソニンを飲み、少し痛みが和らいだところで、いつもの整骨院に行って施術を受けた。

施術室に入る時までは左足に障害を持つ類人猿のような歩行だった。自分の腿に手を添えて上体を支えながら入室した。通常は施術を前に先生に症状を伝えるのが普通だが、今回は質問から入った。自宅で問題のある部分の筋肉の名前を調べたのだが、筋肉解剖図では自分の皮膚の下にある筋肉と関連付けることができなかった。だから問題の部分を指してその筋肉の名称を聞き、その部分をほぐして欲しいとお願いした。

脊椎と仙骨付近に激痛の発信源があり、背中から脇腹、股関節周り、大腿に脛、足裏までの左側のラインが攣ったように緊張し委縮していた。問題の部分は、緊張脊柱起立筋、腰方形筋、腹横筋、中殿筋、腸腰筋、梨状筋、大腿筋膜張筋、大腿四頭筋、前脛骨筋、短趾屈筋という名称だった。これでだいぶ体を構成する筋肉の名称と働きを理解できた。

施術が終わると痛みが激減し、直立猿人に変身した。受付の娘（こ）が「別人になったようですね」と姿勢の変化に驚いていた。どうしても翌週の23日までにはある程度の回復をしなければならなかった。だから16日に続き、19日と21日も施術を受けて回復を図った。Sさん、Kさん、Hさんと江戸崎カントリー倶楽部でのプレーを予定していたのだった。

仙腸関節に痛みが残り、脊椎起立筋の張りが残っていたが、23日のプレーは無事18ホールを完走した。無理をしない打ち方を心掛け、怪我の功名でスコアアップを再現した。そして次のプレーは6月18日と約束した。夏野菜の植え付けも残っている。怪我が付きものの老体だが、うまく付き合ってゴルフと菜園の両方を楽しみ続けたいものだ。

29. 満月と蛙の合唱

2021年は例年よりも格段に早く春が訪れ、ここ千葉県印旛郡の栄町でも４月の始めに桜の季節が過ぎていってしまった。桜の季節と歩調を合わせるようにスギの花粉の季節も終焉を告げ、おかげで４月の中旬に入った頃より、目の痒みやクシャミから解放され始めていた。

またスギ花粉に悩まされている間は夜も冷え、夕暮れも早かったことから月を見る機会を逸していた。たまたま４月27日の夕方に、ブラインドを下ろす窓越しに、東の空に丸くなりかけた月が光っていた。久しぶりだったので、外に出てその姿を確かめてみた。頭上より少し前方の高い空に、真冬に見た時よりは少し色を増した月が、温かみを感じさせるような黄色みがかった柔らかな光を注いでいた。

翌日の28日はたまたま来客があって、戸締まりの時間が残照も僅かな時刻になっていた。外に出て３部屋分の雨戸を閉め始めると、月は昨日よりも数段明るく、そして強い光を照射していた。庭の向こう側は貸し農園で、道を挟んで更に向こう側には、太陽光発電パネルがテニスコート程の敷地に並べられ、こちらに向かって傾斜している。黒い平面の中央に光の川の流れを作り、その川面の反射光が舞台ライトのように、私の事業所を下側から照らし出していた。

しばらく見とれていた後に雨戸を閉め終えて西側に回ると、今度は蛙の大合唱が聞こえてきた。４月に入り、１～２

匹のアマガエルの声は聞いていたが、トノサマガエルの声は今年になって初めてだった。それも子供の頃に聞いた夏の夕暮れのような騒々しい大合唱だった。北西の角の向こう側に１枚の田んぼがあって、水が張られていたのだった。

桜が散った頃から田起こしの光景を見かけるようになり、４月の中旬になると代掻きが行われていた。４月も下旬となって、ほとんどの田んぼには水が張られ、田植えが始まっている。隣地の田んぼの田植えはまだだったが、丁度水が張られた直後のようで、雄のトノサマガエルたちが一斉にラブソングを歌い出したというわけだ。おまけに満月という照明付きだった。

それにしても季節の移ろいの早さを思い知らされる。もう2021年も３分の１を過ぎようとし、来週の５月５日には立夏を迎える。確かに田植えの季節がやってきていた。立夏と言えば数年前のゴールデンウィーク中に、会員となっていた茨城県の霞ヶ浦の南側のゴルフ場でプレーしたのだが、その時は蟬が鳴き出したことに驚かされた。

高校生までは福島県の郡山で過ごしていたので、４月末はまだ早春だった。ゴールデンウィークの前になると、冬季閉鎖されていた“西吾妻スカイバレー”と呼ばれる道路が除雪されて開通し、米沢と繋がるような時期だった。スキーをするようになって、この道路の開通を待って春スキーができる天元台スキー場に何度も行ったことがある。

当時はまだ温室での稲の種蒔きや育苗もされていなかったので、田植えも苗が十分に伸びた５月末から６月初旬だったような気がする。田んぼには田植えの前から、トノサマガエルの寒天状の卵の塊が漂って、田植えの時期ともなれば、張られた水が温んでいた。

籾の発芽は気温が10℃を超えてからのようで、当時は種籾を蒔く季節を待って、苗作りを始めていたのだろう。だから、田植えの時期が今よりもひと月近く遅かった。ハウスで苗作りをする場合には、田んぼで苗が育つ10℃以上の水温と13℃以上の気温が必要とされるらしい。なるほど、千葉では４月下旬にこれらの条件を満たしているようだ。

稲の品種改良については、その伝来から収穫増量の歴史が長く続き、半世紀前頃の昭和の後半になってようやく終焉を迎えた。以降の半世紀は味覚や食感あるいは料理との相性といった品種改良が中心となり、ブランド米による付加価値向上などを含めて農耕技術が改良され、農耕時期に変化が生じていると思われる。

我が国の気候や水温は地域ごとに異なるので、それぞれの地域の事情に合致した品種が選ばれ、気候に合った田植えが行われているのだろう。１県の全ての地区で同じ品種、同じ時期の田植えが行われることは無いが、都道府県ごとの典型的な田植えの時期を表１に示す。

田植え前線は、おおかた西から北上しているようだ。ただ気候と品種により育成期間も異なるので、稲刈りの時期と比べながら見たら違いを理解できそうかと思った。表２が典型的な稲刈りの時期である。田植えは西の九州から始まって北上していくようであるが、稲刈りの時期とは比例しない地域も多く、稲作を知らない素人による解釈は難しい。

ただ九州の各県は長期栽培の品種を選び、北陸３県は短期栽培の品種を選んでいるように見える。特筆すべきは三重県と千葉県で、田植えと稲刈りの時期の両方が早い。福島県で育ち、千葉県で暮らしている私にとって、田植えや稲刈りの時期に大きな違いを感じていたのは当然だった。

表１　地域による田植えのピーク時期

ピーク期間	都道府県
３月中旬～３月下旬	鹿児島県・宮崎県・熊本県・長崎県・佐賀県・福岡県・大分県
４月下旬～５月上旬	三重県・千葉県
５月上旬～５月下旬	滋賀県・茨城県・栃木県・福島県・宮城県・山形県・秋田県・岩手県・青森県・北海道
５月中旬～６月上旬	高知県・愛媛県・徳島県・香川県・山口県・島根県・広島県・岡山県・和歌山県・三重県・奈良県・大阪府・兵庫県・京都府・愛知県・静岡県・岐阜県・福井県・石川県・山梨県・長野県・富山県・新潟県
６月上旬～６月下旬	神奈川県・東京都・埼玉県・群馬県

表２　地域による稲刈りのピーク時期

ピーク期間	都道府県
8月下旬～9月中旬	三重県・千葉県
9月上旬～9月下旬	滋賀県・静岡県・富山県・石川県・福井県・茨城県
9月中旬～10月上旬	徳島県・山口県・島根県・広島県・岡山県・京都府・山梨県・長野県・新潟県・埼玉県・栃木県
9月下旬～10月中旬	高知県・愛媛県・香川県・岡山県・奈良県・大阪府・兵庫県・愛知県・岐阜県・東京都・神奈川県・宮城県・山形県・秋田県・岩手県・青森県・北海道
10月上旬～10月下旬	鹿児島県・宮崎県・熊本県・長崎県・佐賀県・福岡県・大分県・群馬県・福島県

４月の最終日となって、雨戸を閉めようと北側の玄関を出たら、堤防に沈む寸前の夕陽が田んぼの水面に低く反射し、蛙たちは発声の練習を始めたところだった。今夜も夜通しのコンサートになりそうだ。

夏（予告）

30. 夏一番（予告編：後編へと続く）

代掻きから田植えと進む水田の姿の変化を眺めながら４月を見送った。その４月の天候を思い返してみると、日中の暖かな日差しに対して冷えた朝や風が強く吹いた日が多く、穏やかさに欠けたひと月だった。それでも蛙の合唱が始まり、いよいよ初夏の到来かと思って迎えた2021年の５月は、何とも不穏に幕が開けた。

その１日目は５時半には朝日が眩しく輝き、穏やかな１日が始まりそうな気配だった。早めに朝食を摂り、７時頃には冬野菜の始末と夏の花の準備を始めた。収穫を終えたキャベツやブロッコリーの根を引き抜き、東南側の犬走に沿って低い畝を作り、夏に鮮やかな花を咲かせる、松葉牡丹（まつばぼたん）と日々草（にちにちそう）の種を蒔いて水遣りをした。

休憩の時間かと手を洗って居間に戻ると10時を回っていた。テレビを点け、ティーバッグにお湯を注ぎ、熱い紅茶を啜った。何の番組かも意識せずに画面を見ていたのだが、突然に緊急速報の報道が始まった。そして２分ほどすると独特な数秒間の予兆の後に、大きな揺れがやってきた。

（2022年４月に出版を予定）

後書き《歳時の光と陰影　初冬〜晩春》

2020年の11月となって新たな四季の中での思索を1冊の随想集としてまとめようと思い至った。経緯は「前書き」にある通りであるが、今度は1ページあたり800字で数ページ程度の短編を、1週間に1編程度のペースで書いてみようと思っていた。

すると、冬という室内で過ごす時間が多い季節のせいか、新たな挑戦に脳が活性化したようで、その3カ月余りの間に22編も筆（キーボード入力）が進んだ。さすがに春の2カ月間は7編に留まったものの、累積すれば29編にも及んでいた。文字数で言えば、先に書いた『記憶を辿って 2020』とほぼ同じ分量である。

これから夏・秋と半年間を加えると倍のページには至らないだろうが、100ページは超すに違いなく、また全てを1冊にする必要もない。加えて自費出版となれば契約に始まり、校正や装丁といった作業により、製本されるのは来年のこの時期になってしまうと想像した。

ならば“初冬〜晩春”を前編、“初夏〜晩秋”を後編とすれば、後編の執筆の間に前編の校正もでき、後編は手慣れた上に分量も少なくなるだろうと、2冊に分けて出版することにした。

九州南部では例年より19日も早い5月11日からの梅雨入りとなった。関東ではまだその発表まではされていないが、五月晴れは殆どなく、梅雨の走りといった日々が続いている。今年の５月はもう初夏となっている。

　これからの半年間も疑問解決や新しい発見を楽しみながら、執筆を続けるつもりである。

2021年５月

橋本　正幸（はしもと　まさゆき）

1954年福島県生まれ。1977年東洋大学工学部卒業後、会社員として32年、自営業として10年余りを半導体技術関連に関わって生計をたててきた。2020年から自営業の合間に随筆を書き始めた。著書に『記憶を辿って 2020』（東京図書出版）がある。季節ごとの野菜作りを楽しみとしている。

歳時の光と陰影　初冬〜晩春

2021年12月10日　初版第1刷発行

著　者　橋本正幸
発行者　中田典昭
発行所　東京図書出版
発行発売　株式会社 リフレ出版
〒113-0021　東京都文京区本駒込 3-10-4
電話 (03)3823-9171　FAX 0120-41-8080
印　刷　株式会社 ブレイン

ISBN978-4-86641-467-6 C0095
Printed in Japan 2021
日本音楽著作権協会(出)許諾第2108059-101号